AF155332

FLORIAN WENZEL

TECH
THE BEGINNING

novum pro

Bibliografische Information
der Deutschen Nationalbibliothek:

Die Deutsche Nationalbibliothek
verzeichnet diese Publikation in
der Deutschen Nationalbibliografie.
Detaillierte bibliografische Daten
sind im Internet über
http://www.d-nb.de abrufbar.

Gedruckt in der Europäischen Union
auf umweltfreundlichem, chlor- und
säurefrei gebleichtem Papier.

© 2025 novum publishing gmbh
Rathausgasse 73, A-7311 Neckenmarkt
office@novumverlag.com

ISBN 978-3-7116-0283-1
Lektorat: Andrea Sprenger
Umschlagabbildungen:
Stockeeco, Mitrandir,
Grandfailure | Dreamstime.com
Umschlaggestaltung, Layout & Satz:
novum Verlag
Autorenfoto: Florian Wenzel

www.novumverlag.com

Druckprodukt mit finanziellem
Klimabeitrag
ClimatePartner.com/16547-2311-1001

Für meinen leider verstorbenen Opa Siggi,
die beste Bibliothekarin der Welt,
Frau Prof. Alexandra Klingler, meine Oma, meinen Nonno,
meinen Opa Peter und nicht zu vergessen meine Eltern

INHALTSVERZEICHNIS

VORWORT

Sie erwarten jetzt sicher eine lange, tiefgründige Ausführung über die Entstehung meiner Idee. Tja, da muss ich Sie leider enttäuschen, da die Ideenfindung ganz banal war.

Ein Spaziergang mit unserem Hund Diego beflügelte meine Fantasie und ein kleines Gedankenexperiment wuchs zu einem wahren Ideenstrom heran. Das war die Geburtsstunde des Protagonisten „Walter R. Tech".

Dabei war es mir besonders wichtig, dass der Charakter dieser Figur auf meinem basieren sollte. Das beste Beispiel dafür ist: Ich bin ein gewaltiges Gewohnheitstier, genauso wie er und wir teilen die Vorliebe für Chemie und Physik.

Zu diesem Zeitpunkt waren keine konkreten Vorstellungen oder Ideen zu dem Verlauf der Geschichte vorhanden. Ich begann einfach zu schreiben vom Anfang über den Mittelteil bis hin zum spannenden Ende. Eigentlich ganz anders als die meisten Autoren.
Jetzt fehlte mir noch ein Bild von der Hauptfigur. Wie sieht er aus? Kennen Sie den Superman-Darsteller Christopher Reeve? Genau so stelle ich ihn mir vor. Meine Freunde und meine Familie inspirierten mich bei so manchen tollen Charakteren. Und ja, Hasi gibt es wirklich.

Ich arbeitete unablässig weiter an meiner Geschichte. Mein Fokus lag auf der „Echtheit" in meinem Science-Fiction-Thriller und dafür recherchierte ich stundenlang jedes noch so kleine Detail der Autos, Motorräder, Waffen usw.

Nach circa sechs Monaten war es so weit und ich hielt voller Stolz mein fertiges Manuskript in den Händen.

Die Schulbibliothekarin des Bundesrealgymnasiums in Schwaz, Frau Prof. Klingler, förderte mich, bestärkte mich und half mir, diesen Weg zu meinem Traum zu beschreiten. Ich durfte Lesungen in der Bibliothek halten und holte mir so das eine oder andere Feedback zu meiner Idee.

An dieser Stelle möchte ich mich dafür recht herzlich bei meiner Familie, meinen Freunden und unserer Bibliothekarin bedanken.

VIELEN, VIELEN DANK!

In diesem Sinne verabschiede ich mich von Ihnen und hoffe, dass meine Geschichte Sie begeistern wird!

Ich wünsche Ihnen eine gute Unterhaltung.

Ihr Florian Wenzel

ALLER ANFANG IST SCHWER

„Ich muss etwas übersehen haben!", redete sich der Wissenschaftler Walter Tech verzweifelt ein, da er diesen Versuch beinahe demotiviert schon zum x-ten Mal wiederholte. Er tippte eilig ein paar Tastenkombinationen in seinen Rechner ein. Anschließend schraubte er an einem dreißig Zentimeter langen, aus Stahl bestehenden Gegenstand herum. Dieser war mit einem zehn Meter langen Kabel an den Rechner angeschlossen. Der Wissenschaftler tippte das Wort „Schwert" auf der Tastatur des Computers ein und drückte einen Knopf, der sich am oberen Drittel des Handgriffes befand. Der Prototyp begann kurz zu leuchten, aber das blaue Leuchten verschwand nach ein paar Sekunden wieder. Walter legte sein Konstrukt auf den Labortisch, richtete sich auf und strich seinen Laborkittel glatt. Mit dem linken Zeigefinger schob er sich die Brille, die sich auf seiner Nasenspitze befunden hatte, wieder vor seine Augen. Der Wissenschaftler verließ den Forschungsraum und ging den langen, weiß gestrichenen Gang zur Kaffeemaschine entlang.

Als er ankam, sah Walter, dass sich vor ihm ein anderer Physiker eine Tasse Kaffee machte. Als sein Freund James McTaggart ihn bemerkte, begrüßte er ihn herzlich:

„Walter, wie geht's denn so? Hat es funktioniert?"

„Gut, danke der Nachfrage, und nein, es funktioniert leider immer noch nicht", antwortete er niedergeschlagen.

„Das tut mir leid, du weißt, mein Angebot steht noch, oder?"

„Ja, danke, Jim, aber ich werde es selbst weiter versuchen."

„Wie du meinst, Walter."

Als McTaggarts Kaffee fertig war, verabschiedeten sich die beiden Männer voneinander.

Walter warf einen Blick auf die Uhr, die 19 Uhr anzeigte. „Oh nein, ich sollte doch um 19 Uhr zum Abendessen zu

Hause sein. Claire wird mich umbringen!", dachte der Wissenschaftler. Walter lief schnell zu seinem Laboratorium, wo er seinen Schlüssel, den er stets in der linken Tasche seines Laborkittels aufzubewahren pflegte, in das Schloss steckte und die Tür aufschloss. Danach zog er eilig die Tür auf, lief zu seinem Tisch und meldete sich von seinem Computer ab. Der Wissenschaftler nahm schnell seinen Prototypen vom Tisch und räumte ihn wieder fein säuberlich in die gepolsterte Kiste hinein, die er dann in seinen Schrank legte. Walter sperrte den Kasten zusätzlich zu, da er fürchtete, sein Werk könnte gestohlen werden. Er ging zum Kleiderständer, zog den Laborkittel aus und tauschte ihn gegen ein graues Sakko und eine gleichfarbige Melone. Der Wissenschaftler zog das Jackett über sein weißes Hemd, das in seiner schwarzen Anzughose steckte. Um den Kragen war eine rote Krawatte fein säuberlich gebunden. Er setzte sich den Hut auf sein schwarzes, an den Seiten bereits leicht angegrautes Haar. Walter steckte sich den Schlüssel in die linke Jackentasche und nahm seine schwarze Aktentasche vom Tisch. Dann fiel ihm ein, dass er seine anderen Schlüssel noch in seine Jackentaschen stecken musste. Der Wissenschaftler eilte in den Flur hinaus. Wenige Augenblicke später erreichte er den Lift und trat schnaufend ein. Walter war nicht der Einzige im Aufzug. Neben ihm standen seine Kollegin Lisa Smith und sein Kollege Jonathan Brown. Man redete kurz über das morgige Wetter und als der Lift in der Tiefgarage anhielt, verabschiedeten sie sich.

Er ging zu einem weißen Ford Cortina Mk I, zog den Autoschlüssel aus der rechten Jackentasche und sperrte die Tür auf. Der Wissenschaftler setzte sich auf den Fahrersitz, nahm den Hut vom Kopf und legte ihn samt seiner Aktentasche auf den Beifahrersitz. Er steckte den Schlüssel in die Zündvorrichtung und ließ den Motor anlaufen. Walter legte den Rückwärtsgang ein und drehte seinen Kopf nach hinten, sodass er aus dem Heckfenster blicken konnte. Danach fuhr er rückwärts aus der für ihn reservierten Parklücke mit der Nummer 145. Der Wissenschaftler fuhr mit Tempo 20 Meilen pro Stunde aus dem Parkhaus und auf den Highway, wo er auf 100 Meilen pro Stunde beschleunigte. Er folgte diesem eine Viertelstunde, bis er die Ausfahrt von Brooklyn erreichte. Später bog der Wissenschaftler dann in die Auffahrt seines Hauses in der 9th Avenue ein. Das Gebäude trug die Hausnummer 321A. Walter nahm Hut und Aktentasche, zog den Schlüssel aus der Zündvorrichtung, stieg aus und sperrte das Auto zu. Er steckte den Autoschlüssel in die rechte Jackentasche, nahm gleichzeitig den Haustürschlüssel aus seiner linken Hosentasche.

Der Wissenschaftler ging die kurze Veranda hinauf und sperrte die Haustür auf. Als Walter eintrat, rief er: „Schatz, ich bin zu Hause!"

„Wurde auch langsam Zeit!", rief Claire leicht verstimmt.

„Es tut mir leid, ich hatte mein Zeitgefühl komplett verloren, Schatz", entschuldigte Walter sich kleinlaut. Er hängte Jacke und Hut auf den hölzernen Kleiderständer. Dies hatte der Wissenschaftler kaum geschafft, da kam seine sechsjährige Tochter Martha angelaufen. Walter umarmte sie voller Freude. Nachdem er seine schwarzen Anzugschuhe ausgezogen hatte, stieg der Wissenschaftler die Treppe hoch und betrat sein Arbeitszimmer. Dort legte er seine Aktentasche in eine Schreibtischschublade und verschloss diese dann mit seinem Schlüssel. Danach ging er vorsichtig in die Küche, wo seine Frau Claire schon auf ihn wartete. Walter ging zu ihr, drehte sie sanft an den Schultern zu sich herum und küsste sie leidenschaftlich. „Sei nicht böse, Claire, es tut mir leid." Ihre Wut verflog langsam. Sie platzierte gerade das Dinner auf den Tellern. Es gab Hähnchenleber mit angerösteten Kartoffelstückchen. Er ging in den Keller und holte eine Flasche Jack Daniels Whiskey. Der Wissenschaftler begab sich in die Küche und drehte den Deckel der Flasche auf. Der Familienvater nahm zwei von seinen besten Scotchgläsern und schenkte sich und seiner Frau Whiskey ein. Walter stellte die beiden Gläser auf den Tisch, während Claire das Essen servierte. Er setzte sich an den Tischkopf, seine Frau nahm links neben ihm Platz, nachdem sie Martha auf den rechten Stuhl geholfen hatte. Als Walter das Tischgebet zu Ende gesprochen hatte, begannen sie zu essen. „Du hast dich mal wieder selbst übertroffen, Claire", sagte der Wissenschaftler löblich. Nach dem Essen wusch er das Geschirr ab. Danach ging Walter in das Badezimmer, um zu duschen und seine Zähne zu putzen. Anschließend zog der Wissenschaftler sich wieder an. Er sah aus dem Augenwinkel die Uhr, es war halb neun. Als Walter seine Tochter zu Bett brachte, war er in einen blau-weiß karierten Pyjama gekleidet.

„Gute Nacht, mein Schatz", sagte er.

„Gute Nacht, Daddy", erwiderte die Kleine.

Der liebevolle Vater gab ihr einen Kuss auf die Stirn, schaltete das Licht aus und verließ das Zimmer. Er schlich den Flur entlang und ging dann in das Schlafzimmer der Eheleute Tech. Walter küsste Claire zärtlich, wünschte ihr eine gute Nacht und legte sich auf seine Bettseite. Sie legte sich auf die ihre. Danach wurde das Licht ausgemacht. Er schlief nach wenigen Minuten ein.

Der Wecker ging um fünf Uhr morgens. Der Wissenschaftler nahm seine Brille vom Nachttisch und setzte sie sich vor die Augen. Plötzlich war das, was zuvor verschwommen war, nun klar und scharf. Walter und seine Frau standen noch halb verschlafen auf. Er putzte sich die Zähne. Sobald er fertig war, ging er zu seinem Schrank und machte beide Türen auf. Eine lange Kleiderstange zog sich durch den Kasten. An ihr waren Hemden mithilfe von Kleiderbügeln befestigt. Im ganzen Schrank befand sich nur Männerkleidung, da Claire einen eigenen Kasten hatte, der direkt neben seinem stand. Walter zog den Pyjama aus und hängte ihn auf einen Bügel. Als Walter fertig angezogen war, trug er ein graues Hemd und eine schwarze Krawatte unter einem schwarzen Sakko, mit einer ebenso schwarzen Anzugshose. Zu guter Letzt öffnete er eine Schublade und nahm sich eine Uhr der Marke

„Hamilton Watches Company". Er band sie sich ums rechte Handgelenk, da er Linkshänder war. Danach ging Walter in sein Arbeitszimmer, wo er mit seinem Schlüssel eine Schublade öffnete, aus der er seine schwarze Aktentasche herauszog. Walter verschloss sie wieder sorgfältig und ging samt der Tasche nach unten. Zielstrebig bewegte er sich am Esszimmer und der Küche vorbei zur Haustür. Walter öffnete sie und bückte sich. Einen Augenblick später richtete sich der Wissenschaftler mit dem neuen Exemplar der New York Post in der Hand wieder auf, ging ins Esszimmer und setzte sich an den Tischkopf. Seine Aktentasche stellte er neben seinen Stuhl. Martha saß vor dem Fernseher, aß ihre Frühstücksflocken und verfolgte gespannt die Zankereien zwischen Bugs Bunny und Duffy Duck. Claire kochte gerade Kaffee. Pancakes standen mit Ahornsirup übergossen vor ihm. Walter schlug die Zeitung auf und begann zu lesen. Er begutachtete verschiedene Artikel, die von einem Bankraub, von Bürgermeister Wagner, der eine neue Schule bauen wollte, und von einem Doppelmord, der an einem jungen Pärchen in deren Wohnung verübt worden war, berichteten. Außerdem wurde der Kinostart von „James Bond – 007 jagt Dr. No" bekannt gegeben. Die Premiere sollte am 7. März stattfinden. Dieser Termin war bereits in drei Wochen. Er überflog den Rest der Zeitung auf interessante Artikel, sichtete aber keine mehr. Als Claire ihm seinen Kaffee brachte, fragte Walter seine Frau, ob sie in drei Wochen mit ihm den allerersten James-Bond-Film ins Kino gehen wolle. Sie bejahte dies begeistert, da sie genauso wie Walter ein großer Fan der Romane des Autors Ian Fleming war.

„Ich werde meine Mutter fragen, ob sie auf Martha aufpassen kann."

„Gut, ich freue mich jetzt schon darauf." erwiderte er und aß genüsslich sein Frühstück. Als Walter den letzten Schluck seines koffeinhaltigen Heißgetränks getrunken hatte, stand er auf, gab Frau und Tochter einen Kuss und verabschiedete sich von ihnen. Der Wissenschaftler nahm die Aktentasche, ging in das Ankleidezimmer und zog sich denselben Mantel, dieselben Schuhe und den gleichen Hut, die er am Vortag getragen hatte, an. Walter öffnete die Tür, sagte noch „Bis heute Abend!" und ließ dann die Tür ins Schloss fallen. Der Wissenschaftler zog das Garagentor auf und fuhr aus der Garage hinaus. Dort stellte er seinen Wagen mit laufendem Motor ab, um das Tor wieder zu schließen. Albert Montgomery, der Staatsanwalt, trat gerade aus seinem Haus. Er war ein groß gewachsener Mann, der einen schwarzen Seitenscheitel hatte. Der Staatsanwalt war Walters Freund und Nachbar. Al war ein sehr bodenständiger und sympathischer Mann, den Walter sehr mochte.

„Morgen, Al!", rief er ihm zu.

„Morgen, Walter, wie geht's dir denn so?"

„Kann nicht klagen, und wie fühlt sich der Herr Staatsanwalt heute so?"

„Dem geht's auch gut."

Sie verabschiedeten sich, ehe Walter Albert in seinen Bentley S2 Continental steigen sah. Einen Augenblick später stieg der Wissenschaftler in sein eigenes Auto und fuhr mit einem Tempo von 50 Meilen pro Stunde davon. Nach einer Viertelstunde Fahrzeit lenkte er seinen Wagen in das Parkhaus der Forschungseinrichtung und parkte wieder in der Parklücke 145. Als er eintrat, wurde er von Sicherheitspersonal, welches Walter in diesem Gebäude noch nie gesehen hatte, abgetastet und hineingebracht. Der Wissenschaftler ging in das Büro, welches dem Direktor des Laboratoriums gehörte, und fragte diesen, aus welchem Grund Security anwesend sei. Als Antwort bekam er: „In regelmäßigen Abständen sind Drohbriefe im Labor angekommen. Haben Sie heute schon von dem Doppelmord gelesen?" Walter bejahte dies und stellte die Frage, weshalb das für diese Angelegenheit wichtig sei. Martin Ryan, der Direktor, erklärte ihm, es handele sich bei dem Paar um Susan und Jeremy Pritchett, zwei Angestellte des Laboratoriums. Walter bekundete sein Beileid und sagte, um einer unangenehmen Situation vorzubeugen, er müsse an seinem Projekt weiterarbeiten. Walter wandte sich zum Gehen, aber als er bemerkte, dass ihm der Wachmann folgen wollte, sagte er, dass er sich imstande fühle, ohne eine Begleitung jeglicher Art zu seinem Arbeitsplatz finden zu können.

Nachdem der Wissenschaftler die Tür geschlossen hatte, schritt er schnellen Schrittes den Gang entlang, der ihn zur Tür mit der Aufschrift „Dr. Dr. Walter Tech" führte. Diese schloss er mit seinem Schlüssel auf und betrat sein Labor. Walter hängte sein Sakko und seinen Hut auf den Kleiderständer, schnappte sich seinen Laborkittel und zog ihn über sein Hemd. Er fischte die Schlüssel aus seinen Taschen und steckte sie, bis auf einen, in die jeweils gleichen Taschen des Kittels, in denen er sie auch im Sakko mit sich trug. Seinen Haustürschlüssel sowie seinen Autoschlüssel ließ er im Sakko zurück. Danach ging Walter zum Schrank und schloss diesen auf. Er nahm die Kiste, in der sich sein Prototyp befand, heraus und stellte sie auf den Tisch. Danach meldete er sich schnell mit dem Benutzernamen W.Tech und dem Passwort „12061933WRTech" an seinem Computer an. Während der Rechner lud, ging er mit seiner Kaffeetasse aus seinem Labor zur Kaffeemaschine.

Nachdem der Kaffee in seiner Tasse war, begab sich der Wissenschaftler in die Kantine, um sich Milch und Zucker sowie einen Teller mit Keksen zu holen. Auf dem Weg zum Laboratorium widerstand er nur mit viel Selbstbeherrschung der Sehnsucht, einen dieser wohlschmeckenden, runden Leckerbissen zu verzehren. Die Versuchung war besonders groß, da es seine Lieblingskekse waren, die mit den Schokoladenstückchen. Er stellte den Teller vor dem Labor auf den Boden, sperrte die Tür auf und betrat dieses mitsamt Kaffee und Schokokeksen. Walter ging zu seinem Arbeitsplatz und stellte das Heißgetränk zusammen mit dem Gebäck an das hintere Ende des Tisches. Anschließend öffnete er die Kiste und holte seinen Prototypen vorsichtig heraus. Danach schraubte er mit einem Kreuzschraubendreher an dem metallischen Gegenstand herum. Wenige Augenblicke später schloss er das daran befestigte Kabel an seinen Rechner an und tippte diesmal das Wort „Axt" in das Programm, welches er selbst geschrieben hatte. Walter umschloss den Griff mit beiden Händen. Sein linker Daumen bewegte sich in Richtung des Knopfes, mit dem der Prototyp aktiviert wurde.

DER LEBENSRETTENDE DURCHBRUCH

Walter drückte den Knopf und sein Prototyp begann zu leuchten. Einen Augenblick später leuchtete ein blaues Licht auf, das sich langsam zu einer Axt formte. Im gleichen Moment hörte der Wissenschaftler wie Glas splitterte. Walter löschte das Wort „Axt" und tippte „Schild" in sein eigens dafür programmiertes Programm ein. Einen Augenblick später materialisierte sich aus der Axt ein Schild. Und keine Sekunde zu spät. Denn im selben Moment hörte er ein Krachen. Es klang wie ein Schuss einer Pistole. Sekunden später schlug etwas mit solcher Wucht auf Walters Schild auf, dass er zu Boden gerissen wurde. Da er sich nach dem Physikstudium auf Ballistik sowie Atom- und Kernphysik spezialisiert hatte, konnte er aus der Wucht, die die Kugel beim Aufprall freigesetzt hatte, schließen, dass es sich bei der Pistole um einen Revolver mit dem Kaliber 357 handeln musste. Walter blickte auf und sah, dass der Schütze nur noch fünf Schritte von ihm entfernt war, also musste er aus sechs Metern Entfernung geschossen haben, da zwischen Schuss und genau diesem Moment nur wenige Sekunden vergangen waren. Mühsam rappelte sich der Wissenschaftler auf. Der Schild befand sich immer noch in seiner Hand. Walter spürte, wie sich der Griff in das Fleisch seiner Hand einbrannte. Er rechnete im Kopf kurz seine Chancen durch und sprintete dann auf seinen, in einen schwarzen Mantel gehüllten, Angreifer zu. Verdutzt über die Handlung des Physikers gab dieser zwei Schüsse ab. Eine Kugel bohrte sich in Walters rechte Schulter. Sie durchschoss diese und krachte, gleich wie die andere Kugel, die ihn nur um wenige Zentimeter verfehlt hatte, in die Wand hinter ihm. Der Wissenschaftler schrie vor Schmerz auf, wurde aber dennoch nicht langsamer. Er nahm die Haltung von Captain America an und rammte dem Ganoven den Schild in die Magengrube. Dieser unterdrückte einen Schrei. Der Revolver entglitt der vermummten Gestalt. Nun stand der Angreifer mit gebückter Haltung vor dem Wissenschaftler. Walter holte aus und hieb ihm mit der flachen Seite des Schildes auf den Schädel. Der Mann sackte ohnmächtig in sich zusammen. Im selben Moment kam das Securitypersonal im Labor an. Sie blickten verdutzt vom Schild auf Walter und dann auf den bewusstlosen Unbekannten. Der Wissenschaftler sah auf seinen Angreifer hinab, die Skimaske, die der Kriminelle wenige Minuten davor noch getragen hatte, war weggebrannt. Auf dessen Kopfhaut, wo die Haare schon verbrannt waren, hatten sich Brandblasen gebildet. Ein Wachmann kam mit einem Feuerlöscher bewaffnet auf den Ganoven zu und löschte den Schädel und den Mantel des Ganoven, der zu brennen begonnen hatte. Walter sank zu Boden, sein Kittel war bereits Blut getränkt. „Wären Sie so freundlich, mir einen Krankenwagen zu rufen?" Noch im selben Augenblick zog ein anderer der insgesamt vier anwesenden Wachbeamten sein Funkgerät vom Gürtel und forderte einen Krankenwagen an. Der Wachmann, der den Unbekannten gelöscht hatte, ging zum Computer und zog vorsichtig das Kabel, das zu Walters Prototypen führte, heraus. Der Schild fing daraufhin an, für kurze Zeit intensiver zu leuchten, und dematerialisierte sich dann. Es blieb nur noch der heiße Griff, der Walter langsam aus den Händen glitt. Die anderen zwei Wachbeamten, ein Mann und eine Frau, nahmen währenddessen den Verbrecher fest. Die Beamtin zog Handschellen aus ihrem Gürtel. Der Mann zog seine Beretta M9 aus dem Halfter und richtete sie auf den verletzten Unbekannten. Die Frau legte ihm die Schellen an. Danach zogen die beiden den bewusstlosen Mann auf und hievten ihn auf den nächstbesten Stuhl. Anschließend baten sie um einen zweiten Krankenwagen. Der Beamte, der das Kabel herausgezogen hatte, ging zu Walter und beglückwünschte ihn zur erfolgreichen Abwehr eines schießwütigen Verbrechers. Danach schritt dieser zu der Stelle, wo der kürzlich abgefeuerte Revolver lag. Er hob ihn mit seiner behandschuhten Hand auf, nahm sein Funkgerät in die andere Hand und funkte die Polizei an. Einer der beiden angeforderten Rettungswagen traf ein. Walter war mit den beiden Sanitätern befreundet, die den Raum gerade betraten. Der Erste war ein riesiger Mann mit einem schwarzen Schnauzer, einer Brille und schwarzen, zur Seite gekämmten Haaren. Sein Name war Simon Heinrich. Er war ein Österreicher, um genauer zu sein, ein Tiroler. Der andere Feuerwehrmann hieß Emanuel „Emi" Mayr. Er war ein bisschen kleiner als der andere Sanitäter, hatte rote Haare und war fein säuberlich rasiert. Die beiden stammten aus dem gleichen Ort in Tirol. Sie waren dort zusammen in die Schule gegangen und dann schließlich ausgewandert nach Amerika. Sie hatten gerade ihre schwarze Feuerwehruniform an, die Helme trugen sie auf ihren Köpfen. Die Männer verarzteten Walter zuerst und hoben ihn anschließend vorsichtig auf die Trage, die sie mitgebracht hatten. Simon zog die Trage und Emi redete beruhigend auf Walter ein, während er diese schob. Er fragte den Wissenschaftler, wie es dazu kam, dass sie gerufen wurden. Walter schilderte darauf knapp die Ereignisse. Emanuel erwiderte nach der Zusammenfassung: „Da hast du noch mal Glück gehabt, Walter." Das war das Letzte, an das sich Walter erinnern konnte. Als Nächstes nahm er, aber nur verschwommen, einen langen Gang, Menschen in blauen Kitteln und Emi, der immer nervöser zu werden schien, wahr. Danach wurde wieder alles schwarz. Walter sah jetzt eine Krankenschwester, die ihm eine Atemmaske auf den Mund drückte. Im Hintergrund hörte er einen Arzt sagen: „Teile der Kugel wandern zu seinem Herzen, wenn wir jetzt nicht gleich operieren, verlieren wir ihn." Dann wirkte die Narkose.

Als er wieder aufwachte, saß seine Frau mit Tränen in den Augen neben ihm. Als sie bemerkte, dass er nicht mehr schlief, wischte sie sich die Tränen weg. Sie murmelte etwas, stand auf und ging aus dem Zimmer. Kurze Zeit später ging die Tür wieder auf und Martha kam herein. „Daddy!", rief sie überglücklich. Er freute sich sehr, sie zu sehen und drückte sie, so gut es ging, an sich. Gleich danach kam Claire mit seiner Mutter und seinem Vater ins Zimmer. Auf dem faltigen Gesicht seiner Mutter zeichneten sich Sorgenfalten ab. Der Ausdruck seines Vaters war eine Mischung aus Sorge und unbändigem Stolz. Claires Ausdruck hingegen war nur froh.

„Geht es dir gut, Walter?", fragte seine Mutter Kate.

„Mir ging es noch nie besser, Mom", antwortete der Wissenschaftler.

„Das hast du toll gemacht, Sportsfreund. Ich bin so stolz auf dich", fügte sein Vater Paul hinzu. Dafür kassierte er einen Stoß in die Rippen von Kate Tech.

„Ich mein ja nur", grummelte er kleinlaut.

„Ich bin so froh, dass es dir gut geht", sagte Claire mit weinerlicher Stimme. Die Zimmertür ging erneut auf und eine Krankenschwester kam herein.

„Mr. Tech braucht jetzt seine Ruhe. Sie können ihn morgen wieder besuchen."

Seine Frau und der Rest seiner Familie verabschiedeten sich und verließen das Zimmer. Es dauerte nicht lange, bis Walter wieder eingeschlafen war.

Am nächsten Morgen wurde der Wissenschaftler von der Schwester, die ihm sein Frühstück brachte, geweckt. Er nahm dieses dankend an. Walter bekam eine Schale mit Milch und Frühstücksflocken, zusammen mit einem saftigen, roten, in Achtel geschnittenen Apfel und einer Tasse heißen Kaffee. Er sah auf seine Uhr, die auf seinem Nachttisch lag. Sie zeigte 8:15 Uhr an. Er aß genüsslich zuerst die Flocken und danach den Apfel. Der Wissenschaftler hatte noch nicht zu Ende gegessen, da ging die Zimmertür seines Einzelzimmers auf. Ein Mann in einem schwarzen Anzug, der einen Aktenkoffer bei sich trug, kam mit leichten, federnden Schritten herein.

„Detective Jason Kennedy, Morddezernat."

Er zeigte Walter seine Marke.

„Bitte nehmen Sie Platz, Detective."

Der Polizeibeamte fuhr, nachdem er sich gesetzt hatte, fort: „Ich würde Ihnen gerne ein paar Fragen zu dem gestrigen Angriff stellen. Aber nur, wenn Sie sich gut genug fühlen, versteht sich." Walter bejahte dies. Nach wenigen Augenblicken kam ein anderer Mann ins Zimmer. Er war ein muskelbepackter, ca. 1,90 Meter großer Mann, mit braunen Haaren, die bereits ergrauten. Gekleidet war der Herr in einen grauen Anzug mit roter Krawatte und weißem Hemd. Er stellte sich Walter als Captain Arnold Bond vom 66. Revier vor. Der Detective fragte: „Wie kam der Angreifer herein?"

„Ich denke, durchs Fenster, da ich Glas splittern hörte", antwortete der Wissenschaftler.

Der Captain warf mit rauer, tiefer Stimme ein, dass Walter einfach die ganze Geschichte erzählen solle. Kennedy zog einen Block und einen Kugelschreiber aus dem Aktenkoffer. Danach fing Walter an zu berichten.

Nach einer halben Stunde war die Erzählung zu Ende. Es dauerte weitere fünf Minuten, bis Kennedy von seinem Block aufsah.

Er nahm eine sandfarbene Akte aus seiner Aktentasche, schlug sie auf, legte ein Foto auf den Tisch und fragte: „Kennen Sie den Mann auf dem Bild?"

„Ja, das ist Adam Johnson. Er wurde letztes Jahr gefeuert, da er anderen gedroht hatte, sie zu töten, wenn sie sich nicht seinem Willen beugen würden. Er wurde deswegen auch in eine Nervenheilanstalt eingeliefert. Wieso fragen Sie nach ihm?", fragte Walter.

„Er hat Sie angegriffen", warf der Captain ein.

„Wir hätten da noch zwei Fragen, danach lassen wir Sie wieder in Ruhe. Erstens, wie war Ihre Beziehung zum Täter? Und, möchten Sie ihn auf Schmerzensgeld verklagen?"

Walter erklärte, dass dieser Mann sein Konkurrent im Kampf für diesen Job gewesen sei und dass er ihn sonst eigentlich kaum gekannt hatte. Die Frage, ob er auf Schmerzensgeld klagen wollte, bejahte er. Walter sagte, er würde liebend gern als Zeuge vor Gericht gegen Johnson aussagen.

Captain Bond stand auf und sagte: „Wir werden darauf zurückkommen. Danke, dass Sie uns gegenüber so kooperiert haben."

Die Ermittler verabschiedeten sich und gingen. Walter schloss kurz die Augen.

Schon ging die Tür erneut auf. Die Oberschwester kam herein, gefolgt von einem Arzt. Der Doktor stellte sich als John Widmark vor. Walter sah aus dem Augenwinkel, dass er mehr als drei Stunden geschlafen hatte. Der Arzt war ein sehr netter Mann. Der Wissenschaftler wusste, dass er jetzt noch einen Haufen Untersuchungen über sich ergehen lassen musste. Im Nachhinein betrachtet, hatte Walter es sich schlimmer vorgestellt, als es wirklich war. Aber der Wissenschaftler war dennoch erleichtert, als die ganze Sache vorbei war. Der Arzt drehte sich zur Schwester um und wechselte mit ihr ein paar Worte. Dr. Widmark wandte sich nun an seinen Patienten: „Ich habe eine gute und eine schlechte Nachricht für Sie. Die Gute zuerst, Sie dürfen in einer Woche nach Hause. Und die Schlechte, Sie können danach für einen Monat nicht mehr im Labor arbeiten, denn Ihr Arm muss noch einmal für vier Wochen eingegipst werden." Walter hatte gemischte Gefühle, was die Nachrichten betraf. Zum einen war er froh, dass er in einer Woche wieder nach Hause durfte. Zum anderen war er enttäuscht, dass er dreißig Tage lang nicht an seinem Prototypen würde arbeiten können. Gerade jetzt, wo er einen Durchbruch erzielt hatte. Walter fragte, wann der Arm eingegipst werden würde. Darauf erwiderte der Arzt, dass er am 21. Februar um 14 Uhr erwartet werde. Das Krankenhauspersonal ging und überließ Walter sich selbst.

Die Tage vergingen und am Morgen des 21. Februars richtete er sich langsam und vorsichtig auf. Er zog sich die Kleidung, die Claire ihm am Vortag hiergelassen hatte, an. Danach durchsuchte Walter sein Zimmer nach vermeintlich vergessenen Habseligkeiten von seiner Seite. Als er sicher war, nichts liegengelassen zu haben, nahm er seine Tasche, legte sie neben sein Bett und schaute noch ein bisschen fern.

Um 13:30 Uhr stand er auf und ging zu den Telefonen, um seine Frau von seiner baldigen Heimkehr zu unterrichten. Als Walter fertig war, ging er zum Raum, in dem der Gips angelegt werden sollte. Als er vor der Tür stand, klopfte er an.

„Herein?", fragte eine hohe, fast schon schrille Stimme.

Walter öffnete das Tor und trat ein. Im Inneren erwartete ihn eine junge, blonde Schwester.

„Mein Name ist Tech, Walter Tech. Ich wäre hier, um meinen Arm eingipsen zu lassen."

„Ach ja, Sie stehen auf meiner Liste."

Während sie das sagte, blickte die junge Dame auf eine lange Liste. Danach stand sie auf und holte die Utensilien, die sie zum Gipsen brauchte. Zuerst schnitt sie den alten Gips von Walters Arm. Es dauerte eineinhalb Stunden, bis der Wissenschaftler gegipst und der Gips getrocknet war. Anschließend begab sich Walter zum Empfang und bat die Empfangsdame, ihm ein Taxi zu rufen. Dieses war innerhalb einer Viertelstunde da. Der Fahrer war ein finster dreinschauender, grimmiger Mann. Der Wissenschaftler stieg ein. Er bat den Herren, ihn in der 9th Avenue, Hausnummer 321A, abzusetzen. Der Taxifahrer brummte irgendetwas Unverständliches und fuhr los. Die Fahrt verlief in strengem Schweigen.

Als die beiden vor Walters Haus angekommen waren, stieg der Wissenschaftler aus und bezahlte die Rechnung von 20 Dollar. Er ging seine Veranda entlang und läutete an der Tür. Er hoffte, dass Claire schon von der Arbeit nach Hause gekommen war. Die Frau öffnete die Tür und fiel Walter um den Hals. Sie erklärte ihrem Mann, wie glücklich sie darüber sei, dass er wieder zu Hause sei. „Claire, du zerdrückst mich noch, wenn du mich nicht loslässt", sagte Walter mit gedämpfter Stimme. Seine Frau entschuldigte sich lachend und ließ ihn los. Er trat ein, stellte seine Tasche auf den Boden und mühte sich damit ab, sich mit einer Hand die Schuhe auszuziehen.

Er atmete so schwer, als hätte er gerade einen Marathonlauf hinter sich gebracht. Claire wies Walter darauf hin, dass Martha bei ihrer Großmutter verweilte.

„Ich habe den entscheidenden Durchbruch bei meiner Erfindung gehabt", erklärte Walter seiner Frau enthusiastisch. Danach stellte er seine Schuhe neben den Kleiderständer, wo er seinen Mantel und seinen Hut hingehängt hatte. Er bat seine Frau um ein Glas Brandy und entschuldigte sich dann, da er ziemlich müde war. Er bat sie, ihn zum Abendbrot zu wecken. Walter zog seinen Pyjama an und legte sich in sein Bett. Kaum hatte sein Kopf das Kissen berührt, war er schon eingeschlafen.

Wie abgemacht weckte Claire ihn auf, als die Zeit fürs Dinner reif wurde. Zur Feier des Tages hatte Claire Fisch mit Petersilienkartoffeln gezaubert. Dazu tranken die beiden einen 22er Merlot. Das Essen war vorzüglich. Als das Ehepaar fertig gegessen hatte, setzte sich Walter auf das Sofa und schaute fern. Währenddessen bewältigte Claire den Abwasch.

Der nächste Tag begann wie jeder normale Tag um 5 Uhr. Der Ablauf war haargenau gleich, wie immer, da Walter ein sehr routinierter Mensch war. Um 6 Uhr verließ er das Haus, wo ihm einfiel, dass er heute gar nicht arbeiten gehen durfte. Er drehte um und öffnete wieder die Tür seines Zuhauses.

„Schon wieder da? Etwas vergessen?", fragte Claire irritiert.

„Ja, dass ich für einen Monat nicht mehr arbeiten darf", erwiderte Walter mit schmerzlicher Stimme.

„Ach ja, jetzt, wo du es sagst, erinnere ich mich wieder", erwiderte Claire nach ihrem Aha-Moment. Er machte sich noch einen Kaffee und ging dann in sein Arbeitszimmer, wo er seinen Chef anrief, und die Dauer seines Krankenstandes abklärte. Anschließend arbeitete er an neuen Formeln für seine Spezialkristalle. Er hatte die erste Formel während seiner Chemiestudien erstellt, die er parallel zu seinem Mathe- und Physikstudium gemacht hatte. Claire war inzwischen zur

Arbeit gegangen. Sie war als Buchhalterin bei Grado Labs angestellt. Walter arbeitete bis zum Mittagessen durch. Claire kochte eine vorzügliche Zwiebelsuppe.

Zwei Wochen später war der Tag der Filmpremiere von „James Bond" endlich gekommen. Walter nahm am Nachmittag ein Bad. Anschließend kleidete er sich in einen schwarzen Smoking und stieg die Treppe hinab. „Gut siehst du aus", lobte Claire ihn. Gleich danach verzog sie sich in das Badezimmer des Hauses. Walter setzte sich auf einen Stuhl und schaltete den Fernseher an. Seine Lieblingsserie „Arrest and Trial" lief gerade. Er fieberte eifrig mit, bis Claire die Treppe hinabstieg und seine ganze Aufmerksamkeit auf sich zog. „Du bist bildhübsch", sagte Walter mit großen Augen. Claire hatte ein schwarzes Samtkleid an und trug dazu ein paar Ohrringe mit Kristallen, die Walter ihr nach seiner letzten Erfindung, dem Teleskop-Gehstock, gekauft hatte.

Sie machten sich auf den Weg, da es jetzt schon halb sieben war und sie vor der Vorstellung noch etwas trinken gehen wollten. Claire saß am Steuer von Walters Ford Cortina. Sie besuchten eine Bar namens „The Stork Club". Als sie dort angekommen und eingetreten waren, setzten sie sich an einen Tisch im hinteren Teil des Clubs. Sie saßen nicht lange, da kam ein Kellner. Er war ein schlaksiger Mann, der aussah, als hätte er kaum die Highschool abgeschlossen. Walter bestellte einen Wodka Martini und bat darum, dass der Barkeeper ihn schütteln solle. Claire orderte das Gleiche wie Walter. Als der Kellner ihre Getränke gebracht hatte, nippte Walter einmal an dem Drink und verzog das Gesicht, da er beim ersten Schluck sehr bitter schmeckte. Seine Frau lachte hämisch.

„Mach du's besser", stachelte Walter.

Claire antwortete lässig: „Das mach ich!"

Und sie machte es tatsächlich besser, denn sie verzog die Miene kaum. Dennoch sah man ihr an, dass sie mit sich selbst kämpfte. Walter sah auf die Uhr. „Wir haben noch eine Stunde, bis der Film beginnt." Sie unterhielten sich noch eine Weile, bis Walter wieder auf seine Uhr sah und bemerkte, dass es schon 19:30 Uhr war, woraufhin sie eilig bezahlten und in Walters Auto losbrausten.

„Gut, dass ich die Karten heute in der Früh schon geholt habe", erklärte Claire erleichtert. Sie fuhren zum Broadway. Die Fahrt dauerte fünf Minuten. Als die beiden am Kino vorbei und zum Parkplatz fuhren, sahen sie, dass bereits zweihundert bis dreihundert Leute vor dem Filmtheater warteten. Claire parkte ein. Sie stiegen aus, gingen dann zum Lichtspielhaus und schritten schnurstracks an der Warteschlange vorbei und zum Ticketschalter. Sie zeigten ihre Kinokarten vor und betraten das Gebäude. Dort suchte der Wissenschaftler nach dem Schauspieler von James Bond, den er nach einer zehnminütigen Suche schließlich auch fand.

„Ähm, Mr. Connery, Sir, könnten Sie mir bitte ein Autogramm geben?", fragte er ein wenig nervös.

„Aber sicher doch. Wie ist Ihr Name?", erwiderte der Schauspieler mit britischem Akzent.

„Walter, Sir", sagte der Wissenschaftler.

Während er die Karte, die er aus seiner Jackentasche geholt hatte, unterzeichnete, antwortete Sean Connery: „Bitte sehr, genießen Sie die Premierenvorstellung. Schönen Abend."

Er reichte sie ihm.

„Vielen Dank, Sir. Es war mir eine Ehre, Sie kennenzulernen. Schönen Abend noch", verabschiedete sich Walter von dem Schauspieler.

Danach kaufte er Claire und sich jeweils eine Tüte Popcorn, ein Snickers und eine Flasche Coca-Cola, während seine Frau schon ihre Sitzplätze gesucht hatte. Nachdem sie ihre Jacke daraufgelegt hatte, kam Claire zur Snackausgabe, um ihm beim Tragen zu helfen. Es dauerte eine halbe Stunde, bis alle auf ihren Plätzen saßen. Nun ging im Saal das Licht aus.

Wenige Augenblicke später wurden die Projektoren eingeschaltet. Es erschien ein Countdown von zehn Sekunden.

Als die Sechstelminute abgelaufen war, begann der Film. Ein Mann, der von einer Seite der Leinwand zur anderen ging, begleitet von einem Song, der einem im Gedächtnis blieb, war zu erkennen. Auf einmal blieb der Mann stehen und schoss auf die Leinwand. Blut lief über die Bildfläche. Der Film dauerte noch weitere 107 Minuten. Den Eheleuten Tech gefiel der Film sehr. Als der Streifen zu Ende war, fuhren Walter und Claire in ihrem Ford Cortina nach Hause. Bis die beiden zu Hause waren, war es bereits 22:30 Uhr. Sie waren so müde, dass sie nur mehr in ihr Bett plumpsten.

Am 8. März nach dem Lunch bat Walter seine Frau, ihn auf dem Weg zu ihrer Arbeit, in der Stadt abzusetzen, um ein Inserat bei der New York Post aufzugeben. Als er ankam, fragte er die Empfangsdame, wo er ein Inserat aufgeben könne.

Die Dame erklärte dem Wissenschaftler: „Zuerst den Flur entlang, dann die Treppe hinauf und dann die erste Tür links. Auf der Tür steht Jason O'Donnell."

„Vielen Dank, Miss", bedankte er sich.

Er folgte den Anweisungen und gelangte so zu seinem Ziel. Walter klopfte an.

„Ja, bitte?", bat ihn eine sanfte Männerstimme herein.

Vorsichtig trat er ein.

„Ich würde gerne ein Inserat aufgeben. Bin ich da bei Ihnen richtig?", fragte der Wissenschaftler.

„Ja, das können Sie gerne bei mir machen. Um welche Anzeige handelt es sich denn?", entgegnete Mr. O'Donnell.

„Um ein Jobangebot, denn ich brauche einen Bodyguard", antwortete der Wissenschaftler.

Der Mann fragte, ob er ihm etwas diktieren wolle. Dies bejahte Walter. Daraufhin holte O'Donnell Block und Stift aus der obersten Schublade seines Schreibtisches.

„Ich wäre dann so weit", teilte der Zeitungsangestellte dem Wissenschaftler mit.

„Okay. Bodyguard gesucht. Anforderungen: Kampfausbildung, Verschwiegenheit, Zuverlässigkeit, keine Verpflichtungen und Freude am Zusammenarbeiten mit Kindern. Bei Interesse bitte per Brief bei Walter Tech unter der Adresse 9th Avenue 321A melden. Das wäre es", diktierte Walter.

„In wie viele Ausgaben soll Ihr Inserat denn hinein? Der Preis pro Tag wäre zehn Dollar", fragte O'Donnell.

„Bitte bis zum Mittwoch, den 15. März", erwiderte Walter.

Er beglich seine Rechnung von 70 Dollar, verabschiedete sich von O'Donnell und machte sich dann auf den Weg zur nächsten Telefonzelle.

Es dauerte circa fünfzehn Minuten, bis er diese erreichte. Walter warf einen Vierteldollar in das Telefon hinein, um sich ein Taxi zu rufen. Die Auskunft erklärte dem Wissenschaftler, dass er zehn Minuten auf das nächste Taxi warten solle. Nach dreißig Minuten war er zu Hause.

Walter holte sich ein Glas mit Scotch und vertiefte sich dann wieder in die Formeln. Am Abend kam Claire mit Martha nach Hause. Walter bemerkte dies aber erst, als seine Frau ihn holte, um zusammen zu Abend zu speisen. Es gab Rinderbraten mit Blaukraut. Nachdem die Eltern ihre Tochter zu Bett gebracht hatten, sahen sie sich zusammen den Film „Psycho" von Alfred Hitchcock an. Die beiden ließen den Tag mit einer Schale voll Popcorn ausklingen.

Am nächsten Tag stand Walter später auf, da er sowieso nichts zu tun hatte. Er stieg gemütlich aus dem Bett und füllte sich eine Schüssel mit Milch und Frühstücksflocken. Der Wissenschaftler verzehrte dies, während er sich eine neue Folge von „Arrest und Trial" ansah. Danach ging er vor die Tür, um seinen Postkasten durchzusehen. Er fand nur einen Brief, den seine Schwester Kathrin Shapiro geschrieben hatte. In dem Schreiben teilte sie ihm mit, dass sie ihn in zwei Wochen mit ihrem Mann Jack besuchen kommen will. Er ging zurück zur Tür, wollte wieder hineingehen, aber er hatte sich ausgesperrt, weil er manchmal etwas zerstreut war. Darum musste Walter zur Hintertür und zog den versteckten Schlüssel unter dem Blumentopf hervor. Danach ging er ins Haus und verfasste ein Schreiben, in dem er seiner Schwester mitteilte, dass er sich sehr über ihren bevorstehenden Besuch in zwei Wochen freue und sie gerne in seinem Gästezimmer nächtigen könne. Diesen Brief frankierte er und legte ihn auf den Esstisch.

Gegen 12 Uhr rief er sich ein Taxi und fuhr, nachdem er zum Postamt gefahren war, zur Grundschule seiner Tochter. Als er an seinem Ziel angekommen war, bat er den Taxifahrer, auf ihn zu warten, und stellte sich vor das Tor der Schule. Er stand keine zehn Minuten vor der Tür, da hörte er die Schulklingel. Gleich darauf kamen viele kleine Kinder aus dem Gebäude herausgestürmt. Aber Martha war nicht dabei. Er wartete noch weitere fünf Minuten, dann kam sie heraus und die beiden gingen wieder zurück zum Taxi. Danach fuhren Vater und Tochter zurück zu ihrem Haus, wo er Würstchen kochte, die er dann in einem Hotdog-Brötchen mit einem Klecks Senf auf einem Teller seiner Tochter servierte. Sie aß erst zu Ende und dann machte sie ihre Hausaufgaben. Als sie damit fertig war, spielte sie noch mit ihren Spielsachen. Der restliche Tag verlief ohne große Ereignisse.

Die restliche Woche tat Walter nichts Außergewöhnliches, außer die zahlreichen Antworten auf sein Inserat zu beantworten und Treffen zu arrangieren. Er hatte die Termine für kommenden Donnerstag vereinbart.

Zu diesen Gesprächen kam Walter zu Fuß, da das Diner gleich um die Ecke war. Die erste Zusammenkunft fand um 9 Uhr mit einem Herrn namens John Gordon, einem Ex-Marine statt. Er war ein netter, gut gebauter Mann, der aber schon in den Sechzigern war. Als Nächstes kam Chihiro Chen, ein japanischer Yakuza, der aber kein einziges Wort Englisch sprechen konnte. Es folgten noch viele mehr, aber der absolute Favorit Walters war ein gut gebauter Mann, der in einem schwarzen

Anzug mit gleichfarbiger Krawatte und einem weißen Hemd zu diesem Treffen kam. Er trug einen nach rechts gekämmten Scheitel und eine schwarz getönte Sonnenbrille. Er hatte zuvor für einen Mafiosi mit dem Namen Cäsar der Große als Mafiakiller gearbeitet. Noch während des Gespräches wusste Walter, dass der Mann namens Hasi der richtige war. Er stellte ihn auch sofort ein und bot ihm an, dass er in zwei Wochen auch in seinem Gästezimmer nächtigen könne. Hasi willigte für ein Gehalt von 6000 Dollar im Monat ein. Er fing sofort an und sagte auch zu, Walter im Nahkampf und im Schießen zu trainieren. Die beiden verabschiedeten sich voneinander, nachdem sie für den nächsten Tag um 10 Uhr ein Treffen am örtlichen Schießstand arrangiert hatten.

Danach ging Walter wieder nach Hause, setzte sich vor den Fernseher und sah sich die „Dick van Dyke Show" an, bis seine Frau das Abendessen gekocht hatte. Sie servierte eine Knoblauchsuppe, die mit kleinen Brotstückchen verspeist wurde.

EIN UNMÖGLICHER SCHUSS

Um 9:15 Uhr ließ Walter sich von einem Taxifahrer zum Schießstand fahren. Hasi wartete dort schon auf ihn. Er hatte je zwei Sporttaschen in einer Hand. Die beiden schüttelten sich zur Begrüßung die Hände.

Anschließend erklärte der Bodyguard mit tiefer Stimme: „Ich werde Ihnen heute die Grundlagen des Schießens beibringen, Mr. Tech."

„Walter bitte, Mr. Hasi", bat ihn der Wissenschaftler.

„Nur Hasi bitte, Walter", fiel der Bodyguard ihm ins Wort.

Die beiden gingen zum Schießstand. Hasi legte die Taschen auf den Boden, zog den Reißverschluss der ersten Tasche auf und nahm einen altertümlichen Revolver heraus. Der Bodyguard erklärte ihm, dass dies ein Savage 1881 Navy Revolver war. Er zeigte ihm zuerst, wie man die Handfeuerwaffe mit Kaliber-36-Kugeln lud. Hasi erklärte Walter auch, wie man diese Waffe abfeuern konnte. Der Bodyguard spannte den Hahn, zielte für wenige Sekunden auf die Zielscheibe und drückte danach den Abzug, worauf eine Kugel abgefeuert wurde. Das Geschoss traf genau die Mitte des Ziels. Ein exzellenter Plattschuss. Hasi nahm die Waffe am Lauf und reichte sie dann Walter. Dieser ergriff sie, hielt sie in der linken Hand und legte an. Anschließend drückte er ab. Die Kugel schoss genau durch das Loch, das Hasi in die Scheibe geschossen hatte. Dem Bodyguard klappte die Kinnlade hinunter. Hasi nahm die Sonnenbrille ab und blickte Walter ungläubig an.

„Haben Sie schon einmal geschossen?", fragte er.

„Wenn Wasserpistolen nicht zählen, dann nicht. Im Zielen bin ich aber gut, das hat sich in meiner Kindheit schon abgezeichnet", entgegnete der Wissenschaftler.

Hasi bat Walter, den Schuss zu wiederholen. Er tat, worum ihn sein neuer Bodyguard gebeten hatte, und schoss wieder auf den gleichen Punkt. Hasi ging nach vorne, um die Kugeln zu holen, und kam wieder mit drei Klumpen Blei zurück, nachdem er die Zielscheibe ausgewechselt hatte. „Das sind die drei Kugeln, die wir beide geschossen haben", erklärte er Walter.

Während er eine Remington Modell 1858 aus der Tasche zog, sagte Hasi: „Es geht nichts über Oldtimer, nicht wahr?" „Das stimmt!", pflichtete der Wissenschaftler ihm bei.

Der Bodyguard gab diesmal Walter zuerst die Waffe. Dieser feuerte damit zwei Schüsse ab und traf erneut die Mitte der Zielscheibe. Walter staunte nicht schlecht, da er wusste, dass es rein physikalisch nicht möglich sein sollte, die exakt gleiche Stelle zweimal zu treffen. Hasi nahm ihm, ein wenig neidisch, die historische Waffe ab und holte eine Rock Island Armory 1911 Series heraus. Dies war eine etwas neuere Waffe im Vergleich zu den anderen, die der Bodyguard eingepackt hatte. Das Ergebnis war wieder das Gleiche. Walters Favorit war aber eine Remington XP 100. Dies war eine Pistole mit Zielfernrohr, deren Gehäuse fast ausschließlich aus Holz bestand. Er testete auch noch andere Waffen, wie zum Beispiel eine Walther PPK, eine Beretta 70 und eine Mauser M712 aus. Die Letzte gefiel ihm auch sehr gut. Danach begannen sie mit den Maschinenpistolen. Diese waren eine American 180, eine Austen-Maschinenpistole, eine Emma EMP-Maschinenpistole und eine FBP-Maschinenpistole. Von denen mochte er die American 180 am liebsten. Sie gefiel ihm wegen ihres Aussehens. Er testete auch noch viele verschiedene Sturmgewehre aus, unter anderem eine Stoner 63 XM-207 und noch viele andere Modelle. Die beiden Männer feuerten im Laufe des Vormittags noch ein paar weitere Waffen ab.

Danach ging Hasi zu seinem 1963er Studebaker Gran Tourismo Hawk und lud die mitgebrachten Waffen in den Kofferraum. Die beiden Männer fuhren gemeinsam im Auto des Bodyguards zum nächstgelegenen Waffengeschäft, um dem Wissenschaftler Handfeuerwaffen zu besorgen.

In diesem Laden kauften sie zwei Remington XP 100, eine Walther PPK, zwei Mauser M712, eine Schrotflinte, eine American 180, einen Colt 357, einen Colt Cobra, eine Dardick Model 1500, einen Freedom Arms Model 83. 500 WE Revolver, einen Smith & Wesson Modell 10 Revolver und jede Menge an Munition für diese Schießeisen. Insgesamt zahlte Walter 10.300 Dollar, da er die Waffen sofort mitnehmen wollte.

Hasi fuhr ihn nach Hause und half ihm beim Reintragen der Taschen. Die beiden trugen die Säcke in Walters Arbeitszimmer, wo sie die Tüten auf den Schreibtisch stellten. Danach sperrte er die Zimmertür zu. Hasi und sein neuer Chef gingen zu Claire und Martha hinunter, an denen sie zuvor schnurstracks vorbeigegangen waren. Walter stellte seiner Familie seinen Bodyguard vor. Der Wissenschaftler bot Hasi an, auf der Couch zu schlafen, bis seine Schwester wieder in Texas sein würde. Dieser nahm dankend an und sagte, dass er in zwei Tagen alles so weit geklärt habe, dass er mit seinen Sachen bei Walter einziehen könne. Der Wissenschaftler erklärte ihm, dass er ihn am Samstag um 10 Uhr bei sich zu Hause erwarten würde.

So geschah es dann auch. Hasi stand um 9:45 Uhr vor Walters Haustür. Nachdem der Hausbesitzer die Tür geöffnet hatte, fragte der Bodyguard, wo er seinen Studebaker abstellen könne. Der Wissenschaftler zog sich seine Schuhe an, um Hasi den Abstellplatz zu zeigen. Die beiden Männer stiegen wieder in das Automobil. Walter navigierte Hasi zu dem Parkplatz, den er für den 1963er Studebaker gemietet hatte. Danach half der Wissenschaftler, die Taschen seines Mitbewohners ins Haus zu bringen. Dort verstauten sie die neun Taschen im Wandschrank des Gästezimmers. Nachdem diese Aufgabe bewältigt worden war, fragte Walter seinen Gast, ob er einen Tee trinken wolle. Der gebürtige Italiener fragte, ob sein Gastgeber etwas Stärkeres habe. Dieser bejahte und gab ihm einen Schnaps. Danach spielten sie eine Runde Poker, da seine gestrige Pokerrunde mit Cäsar dem Großen entfallen war, weil dieser den Geburtstag seiner Frau feiern wollte.

Eine Woche später, am Montag, kam Walters Schwester mit ihrem Mann Jack in New York an. Da Hasi wusste, dass Familie Tech Besuch erwartete, entfernte er seine Sachen aus dem Gästezimmer und stellte die Taschen in das Arbeitszimmer des Hauses. Kathrin und Jack fuhren mit einem Taxi vom Flughafen zum Haus von Walter und seiner Familie und kamen circa um 16 Uhr an. Sie hatten sich seit Weihnachten letzten Jahres nicht mehr gesehen. Alle umarmten sich und betraten dann das Haus. Dort stellte Walter, seiner Schwester und ihrem Mann, seinen Bodyguard Hasi vor. Danach tranken sie alle zusammen Kaffee und aßen den Cheesecake, den Claire gebacken hatte. Kaum hatte Jack einen Bissen davon probiert, sagte er: „Das ist der beste Cheesecake, den ich je gegessen habe! Du musst mir unbedingt das Rezept geben." Nachdem sie den Kuchen verspeist hatten, richtete sich das Ehepaar Shapiro im Gästezimmer ein.

Am nächsten Tag gingen die beiden Geschwister mit Martha, Jack und Hasi in den Central Park Zoo. Sie verbrachten den ganzen Nachmittag dort.

Die zwei Wochen, die Kathrin mit ihrem Mann bei Walter verbrachte, waren sehr fröhlich und spaßbeladen. Sie besuchten auch gemeinsam die Eltern der Geschwister. Als die zweite Woche vorbei war, war Walter schon etwas traurig, dass seine Schwester wieder nach Hause fliegen musste.

Als die Shapiros wieder in Texas waren, räumte Hasi seine Sachen ins Gästezimmer zurück. Er hatte das Zimmer noch nicht richtig eingeräumt, da kam Walter, um ihn zum Essen zu holen. Es gab einen leckeren Schweinebraten. Nachdem Claire Martha ins Bett gebracht hatte, sahen sich die Eheleute Tech zusammen mit ihrem Bodyguard einen Film an. Sie schauten einen Western namens „Meuterei am Schlangenfluss".

Der Monat, in dem Walter nicht arbeiten gehen durfte, ging langsam zu Ende. Hasi fuhr Walter am letzten Tag der Frist, die ihm der Doktor gegeben hatte, zum Krankenhaus und wartete dort auf ihn. Nach einer halben Stunde kam der Wissenschaftler mit einer ärztlichen Krankheitsbescheinigung und ohne Gips wieder heraus. Danach fuhren die beiden Männer zu einem Geschäft, wo man einen Tresor kaufen konnte. An diesem Tag machte Walter 5000 Dollar locker, da er sich gleich vier Tresore besorgte. Damit hatte er seine ganzen Ersparnisse, die er noch von den Einnahmen des Teleskop-Gehstocks übriggehabt hatte, aufgebraucht.

Nur mit der Hilfe des Angestellten schafften es die Männer, ihre Einkäufe in Hasis Wagen zu verstauen. Als dies geschafft war, stiegen die beiden in den Studebaker ein und brausten davon.

Wenig später lenkte Hasi den Wagen in die Einfahrt von Walters Zuhause. Nachdem sie die Tresore mühevoll ins Haus geschafft hatten, holte der Wissenschaftler Werkzeuge, die die beiden Männer für den Einbau der Tresore benötigten. Sie arbeiteten den ganzen Tag, wobei sich Walter etwas zurückhielt, da er es nach seiner Verletzung noch etwas ruhiger angehen lassen wollte. Sie hatten alle vier Tresore in Walters Arbeitszimmer eingebaut, aber an verschiedenen Stellen. Sie waren unter Bildern versteckt. Immer zwei hatten denselben Code. Die beiden verstauten alle Waffen in drei Tresoren, außer die beiden Mauser M712 Pistolen, die bekamen einen eigenen Tresor, da der Wissenschaftler diese zu seinem Schutz unter seinem Sakko mitführen wollte. Kaum hatte Walter diesen Gedanken zu Ende gedacht, da fiel es ihm wie Schuppen von den Augen, dass er vergessen hatte, sich ein Achselholster zu kaufen.

Keine fünf Minuten später saßen die beiden Männer im Ford Cortina und Walter fuhr zum ersten Mal seit einem Monat wieder selbst. Nach einer halben Stunde standen Walter und Hasi mit einem Achselholster wieder vor der Tür der Casa del Tech. Sie betraten das Haus, gingen ins Arbeitszimmer und legten das Holster neben die Pistolen in den Tresor. Danach genossen Walter und Hasi noch das Abendessen, ehe sie dann früh zu Bett gingen.

Am nächsten Morgen musste Walter wieder um 5 Uhr aufstehen. Er zog sich an und ging in sein Arbeitszimmer. Dort holte er seine um viele chemische Formeln schwerer gewordene Aktentasche. Walter war schon auf dem Weg zur Tür, da fiel ihm plötzlich ein, dass er seine Waffen vergessen hatte und drehte um. Am Safe hinter dem Bild von Claire und Martha, stellte er mithilfe eines Metallrades den Code 31.12.1957 ein, das war der Geburtstag seiner Tochter. Aus diesem zog der Wissenschaftler das Achselholster, legte sein Sakko ab und schlüpfte in das Halfter hinein. Danach nahm er die beiden Mauser M712 aus dem Safe, entnahm den Waffen die Magazine und lud zwanzig Patronen in jedes davon. Als Nächstes drückte Walter die Patronenkammer in die Pistolen und steckte diese in das linke und in das rechte Holster hinein. Kurz darauf sicherte er die Handfeuerwaffen, zog das Sakko wieder an und knöpfte es zu. Anschließend ging er zur Tür, verließ den Raum und schloss hinter sich ab. Walter holte sich seine Zeitung und ging dann ins Wohnzimmer zu Claire, Martha und Hasi. Sein Bodyguard saß mit Walters Tochter auf dem Sofa, aß einen Teller voll mit Pancakes und sah sich zusammen mit dem kleinen Mädchen eine Folge „Looney Tunes" an. Walter verspeiste wie jeden Tag vier Pfannkuchen und trank dazu eine Tasse Kaffee. Als die beiden fertig gegessen hatten, gingen sie in die Garage des Hauses. Dort stieg Walter in seinen Ford Cortina Mk 1 ein. Währenddessen öffnete Hasi das Tor. Anschließend fuhr der Wissenschaftler aus der Garage. Nachdem der Wagen in der Auffahrt stand, schloss der Bodyguard wieder das Tor. Walter grüßte seinen Freund und Nachbarn Al, wie jeden Morgen, und stellte ihm dabei seinen Bodyguard vor.

Kurze Zeit später lenkte der Wissenschaftler seinen Wagen in die Parkgarage des Laboratoriums. Die Security war auch heute wieder anwesend. Zuerst wünschten die Beamten Walter und Hasi einen guten Morgen, dann erkundigten sie sich nach der Identität von Walters Begleiter. Er klärte die Damen und Herren über seinen neuen Bodyguard auf. Nach dem Abtasten mussten Hasi und Walter zu Martin Ryan, da sie sich wegen der Waffen rechtfertigen mussten. Die beiden Männer wurden vom Sicherheitschef Jack Simmons zum Direktor des Laboratoriums geführt. Der Security-Angestellte klopfte, öffnete die Tür und hielt sie seinen beiden Begleitern auf. Simmons klärte Martin über den Sachverhalt auf. Ryan begrüßte Walter und fragte ihn danach, was er dazu zu sagen hätte.

Der Angesprochene antwortete: „Tja, dieser Herr da ist mein Bodyguard. Die Waffen, die das Sicherheitspersonal bei meinem Freund und mir gefunden haben, tragen wir selbstverständlich nur zur Selbstverteidigung bei uns."

„Gut, der Sachverhalt ist jetzt klar. Das Einzige, was wir jetzt noch klären müssen, wäre, wie wir jetzt weiter mit dieser ganzen Sache umgehen", entgegnete Martin.

Walter sagte, mit einem leichten Anflug von Ärger in seiner Stimme: „Für mich ist die Sachlage klar. Mein Bodyguard und unsere Waffen bleiben bei mir und meinem Freund, sonst reiche ich meine fristlose Kündigung ein. Das wäre für das Labor ein großer Verlust, denn wir alle hier wissen, dass ich der erfolgreichste Wissenschaftler bin, der hier angestellt ist", drohte Walter.

„Ist ja gut. Ich gebe Ihren Forderungen nach, aber nur, weil Sie unser bester Wissenschaftler sind", lenkte Mr. Ryan ein.

„Das Einzige, was ich Sie noch fragen muss, ist, was in meiner Abwesenheit mit meinem Prototyp geschehen ist?", erkundigte sich der Wissenschaftler.

„Ach ja, das hätte ich fast vergessen. Hier", sagte Martin, während er zu seinem Tresor ging, eine Ziffernabfolge mit dem Drehrad einstellte und den Prototypen mit dem angeschlossenen Kabel herausholte. Er reichte ihn dessen Besitzer.

Walter nahm ihn, verabschiedete sich mit den Worten: „Dann wäre alles geklärt, danke!" und verließ zusammen mit Hasi das Büro.

Der Bodyguard und sein Arbeitgeber machten sich auf den Weg zu Walters Arbeitsplatz. Als die beiden vor der Tür standen, schloss der Wissenschaftler sein Labor auf und fand alles so vor, wie er es zurücklassen musste. Nur der Computer war ausgeschaltet. Walter ging zu ebendiesem und schaltete ihn an. Danach gab er seinen Benutzernamen und sein Passwort ein. Anschließend räumte er seinen Labortisch auf. Als der Computer hochgefahren war, schloss er das Kabel an und startete das Programm. Walter holte sich feuerfeste Handschuhe und zwei Schutzbrillen, eine für ihn und eine gab er Hasi. Danach nahm er seinen Prototypen in die Hand und tippte eilig das Wort „Rapier" in seinen Computer ein. Sein Daumen wanderte in Richtung des Einschaltknopfes. Parallel zum Drücken des Knopfes flammte ein blaues Licht auf. In weniger als zwei Sekunden formte sich aus dem Lichtstrahl ein flaches Rapier, eine Stichwaffe, die einem Degen ähnelt. Mit ehrfürchtigem Blick bewunderte der Wissenschaftler seine Kreation. Hasi war beeindruckt. Walter hatte Mühe, sich vom Anblick seiner Erfindung loszureißen und sie zu deaktivieren. Danach legte der Wissenschaftler sie neben sich auf die Tischplatte. Walter zog die Schutzbrille und Handschuhe von Kopf und Händen, ging zu seinem Schrank und stöberte darin herum. Nachdem er fünf Minuten gesucht hatte, richtete er sich mit einer Lamellenmatte, einem Lötkolben, einer Rolle Lötzinn und einem Schwamm auf. Einen Augenblick später ging der Wissenschaftler wieder zu seinem Tisch und lötete die Matte an seinem Prototypen fest.

„Möchten Sie eine Tasse Kaffee haben?", fragte Walter Hasi, nachdem er zu Ende gelötet hatte.

„Gerne", antwortete dieser.

Walter meldete sich von seinem Computer ab, verließ sein Labor und machte sich auf den Weg in einen Lagerraum. Dort schnappte er sich zwei Schaufensterpuppen und deponierte diese vor der Tür mit der Aufschrift Dr. Dr. Tech. Danach holte er zwei Tassen Kaffee, stellte diese auf dem Boden ab und öffnete die Tür zu seinem Labor. Während er die Kaffeetassen am Tisch absetzte, bat er Hasi die Schaufensterpuppen hereinzuholen. Anschließend gab er seinem Bodyguard eine Videokamera in die Hand mit der Bitte, ihn zu filmen.

„Was ist das denn?", fragte Hasi verwundert.

„Das ist eine Videokamera, wo man alle Videos auf eine VHS-Kassette aufnehmen kann. Diese werden dann auf einem Magnetband gespeichert. Die sollen erst 1976 auf den Markt kommen. Unser Labor hat sie aber schon früher bekommen."

Eine der beiden Figuren stellte er in die Mitte, zog sich die Brille und die Handschuhe über und startete den Prototypen, wieder als Rapier. Er fragte Hasi, ob er bereit sei, und als dieser bejahte, begann Walter zu sprechen: „Mein Name ist Walter R. Tech, ich habe eine neue Waffe erfunden und werde Ihnen nun die Funktionalität meines Prototypen präsentieren." Er holte mit seinem Rapier aus und trennte der Puppe elegant den Kopf ab. Walter vollführte eine Parade. Innerhalb weniger Sekunden zerfiel die Puppe in acht Einzelteile. Danach schaltete er die Waffe aus und legte sie beiseite. Er wies Hasi an, die Kamera auszuschalten und mit ihm zu kommen.

Sie gingen in den Lagerraum, aus dem Walter zuvor die Figuren geholt hatte, um einen Hochsicherheitssafe zu holen. Nur mit viel Anstrengung konnten die beiden Männer den Safe in das Labor bringen. Nachdem der Panzerschrank in der Mitte des Raumes positioniert worden war, begann Hasi wieder zu filmen. Walter setzte sein Rapier auf den Safe an und ließ ihn durch den Panzerschrank gleiten. Als die Aufnahmen beendet waren, nahm Walter die Kassette aus der

Kamera und steckte sie in seine Aktentasche. Er bedankte sich für Hasi's Hilfe. Der Bodyguard nickte und setzte sich wieder zurück an sein Kreuzworträtsel. Walter arbeitete den restlichen Tag durch.

Um 18:30 Uhr räumte der Wissenschaftler alle Sachen, die er für seine Zwecke verwendet hatte, ordentlich an die Stellen zurück, an denen er sie gefunden hatte. Er brauchte eine Viertelstunde um alles aufzuräumen. Anschließend gingen die beiden Männer zu Walters Wagen und machten sich auf den Weg.

Zuhause angekommen, verstaute Walter seine Aktentasche und seine Pistolen wieder an den dafür vorgesehenen Plätzen, nachdem er seine Schuhe, seinen Mantel und seinen Hut abgelegt hatte. Er setzte sich an den Schreibtisch und verfasste ein Schreiben an den Präsidenten von Amerika, steckte dieses gemeinsam mit der Kassette in einen Umschlag und beschriftete ihn mit folgender Adresse: TOP SECRET, An das WEISSE HAUS, zu Handen Präsident Kennedy, 1600 Pennsylvania Avenue, Washington DC 20500, Vereinigte Staaten von Amerika. Anschließend ging Walter zu seiner Frau und seiner Tochter ins Esszimmer und verbrachte mit ihnen einen netten Abend.

Am nächsten Tag fuhren Walter und Hasi früher los, um die Kassette bei der Post abzugeben. Danach machten sie sich auf den Weg ins Labor, wo der Wissenschaftler unermüdlich weiterarbeitete.

DER GESPRÄCHIGE AGENT

Acht Tage später, am 19. April betraten Walter und Hasi das Laboratorium. Die beiden Männer gingen zum Büro des Wissenschaftlers. Als sie noch fünf Schritte vom Raum entfernt waren, bemerkten sie, dass die Tür offenstand. Walter überkreuzte die Arme, griff unter sein Jackett und zog die beiden Mauser hervor. Er spannte die Hähne der Waffen, nachdem er sie entsichert hatte. Danach blickte der Wissenschaftler zu Hasi und sah, dass dieser seinen Bluntline-Revolver gezogen und geladen hatte. Die beiden stellten sich links und rechts neben der Tür auf. Der Bodyguard öffnete diese mit einem Tritt und trat vorsichtig in Walters Büro ein. Im Labor stand ein dunkelhäutiger Mann, der in einen schwarzen Anzug gekleidet war.

„Was geht? Agent John Smith mein Name, und Sie sind?", fragte er mit einem lässigen Unterton. Walter sah Hasi fragend an und meinte: „Wissen Sie, was der Mann gesagt hat? Ich habe ihn nur geringfügig verstanden."

Der Bodyguard entgegnete: „Ich habe keinen blassen Schimmer."

„Entschuldigung, das habe ich ganz vergessen, in der Vergangenheit verstehen die mich noch nicht.", sagte der Agent eher zu sich selbst als zu den anderen beiden Männern.

„Pardon, wie meinen?", fragte Walter verwundert.

„Ähm, das ist eine lange Geschichte, die erzähle ich Ihnen im Flugzeug nach Washington DC", erklärte Agent Smith.

„Wohin? Nach Washington?"

„Ja, zum Präsidenten. Sie können vorher Ihrer Frau und Ihrer Tochter Bescheid geben, wenn Sie wollen. Aber dann müssen wir zum Flughafen. Also, nochmal von vorne. Mein Name ist Agent John Smith und ich wurde vom Präsidenten geschickt, um Sie abzuholen."

Walter nickte und fragte: „Ist es in Ordnung, wenn mein Bodyguard Hasi mitkommt."

„Geht in Ordnung, aber rufen Sie jetzt Ihre Frau an und sagen Sie ihr, dass Sie heute nicht zum Abendessen kommen werden. Bis spätestens Samstag sind Sie wieder zu Hause. Und Mr. Tech, ich muss Sie um absolute Geheimhaltung bitten! Unser Flug geht in einer Stunde."

Walter ging zum Telefon und wählte mithilfe einer Wählscheibe die Nummer von Claires Büro.

Er hörte kurz das „Ring-Ring" und danach konnte er Claires Stimme hören: „Grado Labs, Claire Tech am Apparat. Wer spricht da?"

„Hallo Schatz, ich bin's, Walter."

„Ach, du bist es, Schatz. Was kann ich für dich tun?"

„Ich wollte dir nur Bescheid geben, dass ich wahrscheinlich erst am Samstag nach Hause kommen kann, da ich nach Washington fliegen muss. Bitte stell keine Fragen."

„Okay, das ist seltsam. Wieso erst am Samstag?"

„Bitte, ich wurde zur Geheimhaltung verpflichtet, ich darf nicht."

„Wenn es sein muss, dann bis morgen, Schatz."

Danach legte Walter den Hörer auf die Gabel.

„Könnten Hasi und ich noch kurz ein paar Sachen zusammenpacken?", bat der Wissenschaftler.

„Geht klar, aber wir haben nicht mehr lang bis zu unserem Abflugtermin."

„Es wird nicht viel Zeit in Anspruch nehmen", erwiderte Walter.

Hasi und der Wissenschaftler wurden von einem schwarzen, gepanzerten Lincoln Continental X-100 zu Walters Haus begleitet. Die beiden eilten hinein und kamen bereits nach zehn Minuten mit jeweils einem Koffer wieder aus dem Gebäude heraus. Sie platzierten ihr Gepäck im Kofferraum und stiegen dann zu Agent Smith und seinem Fahrer ins Auto. Die Fahrt zum Flughafen dauerte zehn Minuten.

Agent Smith wechselte noch ein paar Worte mit dem Fahrer, bevor er seinen Mitfahrern die Koffer aus dem Kofferraum holte und sie ihnen in die Hand drückte. Die drei Männer gingen zur Landebahn und stiegen in ein Privatflugzeug. Walter, Hasi und Smith nahmen Platz und bekamen von einer Stewardess ein Glas Whiskey eingeschenkt.

Agent John Smith begann zu erzählen: „Also, Sie wollten doch, dass ich Ihnen meine Geschichte erzähle, oder? Aber nur unter der Bedingung, dass Sie sie für sich behalten." Walter und Hasi nickten gespannt.

„Ich wurde am 12. August 1968 geboren und verbrachte meine Kindheit in Brooklyn. Dort habe ich auch meine Ausbildung zum Polizisten gemacht. Irgendwann kam ein Mann im gleichen schwarzen Anzug, wie ich ihn trage, zu mir und unterbreitete mir ein Angebot, das ich nicht ausschlagen konnte. Das müsste um den Juli 1988 gewesen sein. Er bot mir an, als Agent bei der FPMA, der Future and Past Mission Agency tätig zu sein. Wir arbeiten für jeden Präsidenten der Geschichte. Diesmal wurde ich von Präsident Kennedy beauftragt, Sie beide abzuholen und zu ihm zu eskortieren. Ich habe auch einen Partner, der aber heute krankheitsbedingt nicht anwesend sein kann. Sein Name ist James Hunt. Er ist etwas zynisch, muss an seinem Alter liegen. Wir beide haben schon viele Aufträge ausgeführt. Mein Partner und ich haben zum Beispiel den 2. Weltkrieg beendet. Sie denken bestimmt, dass Adolf Hitler Selbstmord begangen hat, oder? Diese Geschichte glauben alle, außer Präsident Eisenhower, mein Partner und ich. Wir beiden, der alte Agent und ich, haben uns Zutritt zu dem Bunker, in dem sich Hitler bereits seit Wochen versteckte, verschafft. Wir wussten, dass er eine riesige Offensive plante, die den Verlauf des Krieges für ihn bestimmt hätte. In meiner Realität hat Hitler gewonnen und das Deutsche Reich wurde eine Weltmacht. Das mussten wir um jeden Preis verhindern. Wir tarnten uns als Kellner, um einen Anschlag auf den Führer auszuüben. Als mein Partner und ich drinnen waren, brachten wir dem Diktator sowie seiner Frau eine Tasse Kaffee, in die wir Zyankali getan hatten. Eva Braun, die Gattin des Führers, trank zuerst. Aber nachdem Adolf Hitler den Tod seiner Frau mitangesehen hatte, trank er nicht mehr, sondern ließ stattdessen einen Arzt kommen, der sie für tot erklärte.

In der Zwischenzeit hatte ich mir seine Mauser aus einer Schreibtischschublade geholt. Wir versteckten uns in seinem Büro und lauerten ihm auf. Als er in den Raum getreten war, sprang ich heraus und schoss. Zu meinem Bedauern nur einmal, da man die Geschichte des Selbstmordes nicht geglaubt hätte, wenn er mehrere Einschusslöcher gehabt hätte. In dem Moment des Schusses konnte man die Angst in seinen Augen förmlich sehen. Das war die Geschichte des Ablebens Adolf Hitlers."

Walter und Hasi schauten ungläubig den Agenten an.

„Das klingt ja utopisch!" rief Walter aus.

„Das ist die Wahrheit, ich habe hier sogar eine Zeitung aus dem Jahr 1988. Ich habe sie immer dabei, um mich an mein Leben vor dem ganzen Zirkus zu erinnern", entgegnete Smith, während er diese aus der Tasche unter seinem Sitz fischte.

Der Agent gab sie dem Wissenschaftler, der sie intensiv beäugte.

„Donnerwetter, sehen Sie sich das an, Hasi."

Für weitere Fragen war keine Zeit mehr, da das Flugzeug bereits in Washington gelandet war. Als sie aus dem Flieger gestiegen waren, wurden die Männer bereits von einem Fahrer des Präsidenten erwartet, der sie direkt zum Weißen Haus fuhr.

GUTEN TAG, MR. PRESIDENT

Der Fahrer sagte die ganze Fahrt über nichts. Als der Wagen durch das Tor gefahren war, stieg er aus und öffnete die Türen der Limousine. Walter bedankte sich bei dem Chauffeur und stieg ebenfalls aus. Er zog sein Sakko aus, schlüpfte aus seinem Holster und steckte es in seinen Koffer. Smith sah ihn fragend an. Der Wissenschaftler erklärte ihm den Grund, weswegen er Waffen bei sich trug. Das Gepäck wurde im Kofferraum zurückgelassen. Agent Smith führte die beiden Männer an der Sicherheitskontrolle vorbei. Die Security-Angestellten durchsuchten die Habseligkeiten der Neuankömmlinge und winkten sie anschließend durch. Der Agent navigierte Walter und Hasi zu einem Raum, wo eine Sekretärin an einem Schreibtisch saß und telefonierte. John Smith räusperte sich, die Dame entschuldigte sich bei der Person in der Leitung und legte den Hörer auf die Gabel.

Die Sekretärin erwiderte: „Ah, Smith, Sie sind es und Sie haben uns Besuch mitgebracht."

„Ja, Evelyn, das sind Mr. Walter Tech und Mr. Hasi. Gentlemen, das ist Evelyn Lincoln, die Sekretärin von Mr. Kennedy", antwortete der Agent.

Die Sekretärin wandte sich nun an Walter und Hasi: „Bitte warten Sie noch einen Augenblick, der Präsident telefoniert gerade, er wird sie dann empfangen."

Hasi und Walter setzten sich, während sie warteten, auf das Sofa, welches gegenüber von Evelyns Schreibtisch stand.

Nach fünf Minuten öffnete die Sekretärin die Tür und ließ die beiden eintreten.

„Guten Tag, Mr. Tech."

„Guten Tag, Mr. President."

„Mr. Tech, ich wollte mit Ihnen über das Video, das Sie mir gesendet haben, sprechen."

„Es freut mich, wenn es Ihnen gefallen hat."

Der Präsident sprach weiter: „Es hat mir so gut gefallen, dass ich Ihnen ein Angebot unterbreiten möchte. Dieses wäre wie folgt, Sie schrauben noch ein bisschen weiter an Ihrer Erfindung und werden dann der persönliche Waffenlieferant der USA. Welchen Betrag halten Sie für angemessen, bei einer Lieferung von 10.000 Stück pro Monat?"

Walter kalkulierte das im Kopf durch und antwortete: „Sir, in Anbetracht dessen, dass ich alle Einzelteile selbst herstelle, mindestens einen Mitarbeiter einstellen muss und noch weitere Kosten anfallen werden, denke ich 10 Millionen Dollar pro Lieferung wären eine gute Summe."

„Abgemacht, aber nur unter der Bedingung, dass alle Ihrer neuen Erfindungen ausnahmslos an uns verkauft werden, sofern der Verteidigungsminister McNamara einverstanden ist. Aber die Rahmenbedingungen besprechen Sie mit meinem Anwalt."

„Ich bin überwältigt, ich wäre geehrt, der Lieferant der Vereinigten Staaten zu sein."

„Sehr gut, mein Anwalt meldet sich in nächster Zeit wegen des Vertrages. Es freut mich sehr, dass Sie von unserem Vorschlag so angetan sind."

„Das Einzige, was ich Ihnen noch mitteilen muss, wäre, dass es noch eine gewisse Zeit in Anspruch nehmen kann, bis meine Erfindung zur Massenproduktion ausgelegt ist."

„Wie lange wird es brauchen, bis Sie uns beliefern können?"

„Ähm, bis spätestens Anfang nächsten Jahres dürfte es dauern."

Der Präsident erhob sich, schüttelte Walter und Hasi die Hand und verabschiedete sich mit den Worten: „Es freut mich, Sie kennengelernt zu haben. Ich würde mich gerne noch länger mit Ihnen unterhalten, aber ich habe noch ein wichtiges Treffen. Auf Wiedersehen, Mr. Tech und Mr. Hasi."

„Es war mir eine Ehre, Sie kennengelernt zu haben, Mr. President. Auf Wiedersehen", sagte Hasi mit ehrfürchtiger Stimme.

„Es war mir ebenfalls eine Ehre, Sie kennenzulernen. Auf Wiedersehen, Mr. President", versicherte Walter dem mächtigsten Mann der USA.

Ein Klopfen ertönte, der Security-Chef des Präsidenten trat ein, um diesen abzuholen. Kurz nachdem der Sicherheitschef und der Präsident den Raum verlassen hatten, begleitete Evelyn Walter und Hasi wieder hinaus.

Die beiden gingen dann mit Agent Smith wieder zu der Limousine zurück. Der Fahrer lenkte den Wagen zum Flughafen, wo sie zu der Startbahn gingen und den Privatjet betraten. Während des Fluges tranken und lachten die Männer viel. Als sie in New York landeten, war es schon 18 Uhr.

Als Walter und Hasi schlussendlich zu Hause waren, schlug die Uhr schon 19 Uhr. Der Wissenschaftler öffnete die Haustür und begrüßte Frau und Tochter.

Claire fragte: „Schon wieder da?"

„Ja Schatz, ging doch schneller, als ich dachte."

„Möchtest du mir doch sagen, warum du so kurzfristig nach Washington fliegen musstest?"

„Ich kann dir nur so viel sagen, wir werden bald umziehen."

„Was? Wir werden umziehen? Wann? Wohin? Wie wollen wir das Martha erklären? Und am allerwichtigsten, wie können wir uns das leisten?"

„Weil ich einen Millionendeal abschließen werde. Keine Angst, wir werden in New York bleiben und unsere Martha wird das verkraften."

„Hat das irgendetwas mit deinem Durchbruch zu tun?"

„Sehr wohl, aber mehr darf ich dir wirklich nicht sagen. Vertrau mir, bitte!"

„Das ist so aufregend!" Ein Lächeln zeichnete sich auf ihren weichen Gesichtszügen ab.

Als Nächstes betrat Walter sein Arbeitszimmer und ging zu seinem Telefon, wo er seinen Anwalt Dr. James Mortimer anrief. Er bat ihn, Christopher Thompson anzurufen, da er der Anwalt Mr. Kennedys war. Er sollte mit ihm ein Treffen vereinbaren. Noch am selben Abend um 22 Uhr rief Dr. Mortimer wieder an, um ihm Datum, Uhrzeit und Ort der Verhandlung zu übermitteln. Das Treffen sollte am 24. April um 12 Uhr im Büro von Mr. Thompson stattfinden.

Das Wetter am Wochenende war mieser als mies. Deswegen machten sie ein Spielewochenende. Die Familie spielte mit Martha das Leiterspiel, „Fang den Hut", „Mensch ärgere dich nicht" und viele andere Spiele. Die drei Erwachsenen spielten Poker, Risiko, Scrabble und Backgammon. Alles in allem hatten sie viel Spaß.

Am Montag ging Walter gleich schnurstracks in das Büro von Martin Ryan und klärte seine Abwesenheit am Mittwoch mit ihm ab. Danach tüftelte er weiter an seiner Erfindung.

Am Tag des Treffens verließen Walter und Hasi das Labor um 11 Uhr, da sie einen Anfahrtsweg von einer halben Stunde vor sich hatten. Die beiden Männer fuhren in Hasis Studebaker Gran Tourismo Hawk zu der Verabredung. Nachdem sie ausgestiegen waren, warteten der Wissenschaftler und sein Bodyguard auf Walters Anwalt. Er kam um 11:45 Uhr in einem schwarzen Jaguar E-Type angefahren. Ein gut gekleideter Mann mit grauen, kurzgeschorenen Haaren und einer hellbraunen Hornbrille stieg aus, nahm seine Aktentasche und begrüßte Walter und Hasi mit einem herzlichen Händedruck. Die drei Männer betraten zusammen die Kanzlei und meldeten sich bei der Sekretärin an.

Nach fünf Minuten Wartezeit trat aus der Tür ein stattlich wirkender Anwalt. Er reichte seinen Besuchern zur Begrüßung die Hand und bat sie dann, sich an den Verhandlungstisch zu setzen. Walter nahm an dem langen, aus Mahagoniholz bestehenden Tisch Platz. Die Verhandlungen dauerten so lange, dass am Ende allen die Köpfe rauchten. Es blieb bei 10 Millionen Dollar, für 10.000 Waffen, so wie es bereits mit Präsident Kennedy vereinbart wurde. Hinzu kam noch ein Errichtungsbonus von 100 Millionen Dollar, den die USA an Walter zu zahlen hatte. Zu guter Letzt unterzeichnete Walter das Dokument unter dem „U" mit seiner verschnörkelten Unterschrift. Sie schüttelten sich noch die Hände, ehe sie die Kanzlei verließen. Walter bedankte sich bei seinem Anwalt wegen der Aushandlung des zusätzlichen Geldes und verabschiedete sich gleichzeitig von ihm.

Kurz darauf setzten sich Hasi und der Wissenschaftler in das Fahrzeug des Bodyguards und fuhren wieder zurück zu Walters Arbeitsstätte. Während der Fahrt machte Hasi das Radio an. Er hörte sich Musik von Elvis, Bob Dylan, Ray Charles, Leonard Cohen und anderen großen Musikern an. Walter vernahm nur hier und da ein paar Worte, da er über die weitere Entwicklung seiner Erfindung nachdachte. Er hatte auch schon eine Idee. Der Wissenschaftler hatte eine halbe Stunde Zeit, um nachzugrübeln.

Als die Fahrt zu Ende war, parkte Hasi den Studebaker wieder in Walters Parklücke. Bevor der Wissenschaftler sein Labor betrat, ging er zum Lagerraum, holte eine Zeichentafel auf Rollen und eine Handvoll Kreide. Er schob die Tafel vor sich her und steckte die Kreide in seine Hosentasche. Walter platzierte sie dann in der Mitte seines Büros und zeichnete, nachdem er seinen Kittel angezogen hatte, eine Figur, die zur Seite gedreht war. Als Hasi diese Zeichnung erblickte, klappte sein Unterkiefer nach unten.

Er lobte Walter: „Wow! Sie können super zeichnen."

„Dankeschön! Das war während meiner Collegezeit meine Lieblingstätigkeit", antwortete der Mann.

Noch während der Wissenschaftler dies sagte, zeichnete er seinen Prototypen in die Hand der Figur, von welchem er dann zwei parallele Striche zum Hinterkopf der Zeichnung zog. Anschließend zeichnete er einen Pfeil, der auf das zuletzt Gezeichnete zeigte. Neben diesen schrieb er „Polypropylen-Faserschlauch". Links von der Figur zeichnete er einen Kopf. Diesmal sah man den Hinterkopf. In diesen zog er einen doppelten Kreis. In die runde geometrische Figur zeichnete er den Schlauch. Neben den Ring schrieb er „Titan-Silber-Legierung".

Danach verließ er sein Labor und ging zu seinem Kollegen Jordan Williams aus der Informatikabteilung.

„Guten Tag Jordan, ich wollte Sie fragen, ob Sie den Mikrochip schon fertiggestellt haben?"

„Für Sie habe ich mich extra beeilt. Das ist er, der leistungsstärkste Chip, den es gibt. Er ist extra für organische Zwecke ausgelegt. Ich habe ihn mit John Finnigan, dem Biologen, entwickelt."

„Vielen Dank, Jordan. Das werde ich Ihnen nie vergessen."

„Ist nur eine Kleinigkeit. Sie haben mir schon bei weitaus schwierigeren Sachen geholfen."

Der Informatiker reichte ihm einen Chip.

„Vielen Dank, einen schönen Tag noch."

Mit diesen Worten verabschiedete er sich von seinem Kollegen. Anschließend ging Walter wieder in sein eigenes Labor.

Nachdem er das Laboratorium betreten hatte, sammelte er alles, was er an diesem Tag verwendet hatte, zusammen und sperrte es in seinem Schrank ein. Seinen Prototypen und den Mikrochip steckte er in seine Aktentasche. Danach zog er seinen Kittel aus und schlüpfte wieder in sein Sakko hinein. Den Hut nahm er in die Hand. Samt Melone, Aktentasche und Hasi machte Walter sich auf den Weg zum Studebaker. Zusammen fuhren die beiden zum Eigenheim des Wissenschaftlers.

Nach einer viertelstündigen Fahrt parkte Hasi seinen Wagen auf dem eigens für ihn gemieteten Parkplatz. Er hatte sich kaum die Schuhe ausgezogen, da verschwand Walter in seinem Arbeitszimmer. In diesem ging er dann zum Safe, stellte die Zahlen 31.12.1957 mithilfe des Metallrades ein, öffnete die Tür und verstaute das Achselholster samt beider Waffen. Hinzu legte er noch seine Aktentasche. Danach stieß er die Tür zu, verdrehte das Rad und verließ das Zimmer auch schon wieder. Anschließend stieg er die Stufen hinab und begrüßte seine Frau und Martha. Claire hatte das Essen schon serviert. Sie hatte Hamburger mit Pommes Frites gemacht. Als alle am Tisch saßen, erzählte Walter ihr von dem Geschäft, das er heute abgeschlossen hatte. Claire brach nach dieser Nachricht in Tränen aus. Sie umarmte ihren Ehemann.

Walter nutzte die Gunst der Stunde und erklärte seiner Ehefrau: „Ähm, Schatz, ich muss dir was sagen. Ich werde mich operieren lassen, wenn ich meine Entwürfe beendet habe."

„Okay? Ist etwas passiert? Wieso denn, Schatz?"

„Nein, es ist alles in bester Ordnung, ich möchte nur meinen Prototypen durch Gehirnströme steuerbar machen."

Nach einer langen Diskussion lenkte Claire doch ein.

„Wenn es unbedingt sein muss! Aber nur unter Protest", sagte Claire mit vor Sorge verzerrter Stimme.

Nach dem Dinner verschwand Walter in seinem Arbeitszimmer, um zu telefonieren.

Er wählte und sagte dann: „Hallo, spreche ich mit der Praxis von Dr. Jack Jackson?"

Eine sanfte Frauenstimme antwortete „Ja, hier Praxis Dr. J. Jackson. Was benötigen Sie noch so kurz vor Ordinationsschluss?"

„Ich möchte bitte mit Dr. Jackson sprechen."

„Warten Sie bitte, ich verbinde Sie gleich mit ihm."

Walter telefonierte eine halbe Stunde mit dem Spezialisten und klärte alle Details. Er bat um äußerste Verschwiegenheit und betonte, dass Geld keine Rolle spiele. Der Doktor stimmte zu, die Operation durchzuführen. Er vereinbarte mit Walter gleich den Termin für das Vorgespräch und für den Eingriff. Der Arzt wählte bewusst einen Tag, an dem er keine anderen

Termine hatte. Denn es war schwer abzuschätzen, wie lange die Operation dauern würde.

Am 12. Juni feierte Walter seinen 30. Geburtstag. An diesem besonderen Tag führte er seine Familie, das waren einmal sein Vater Paul, seine Mutter Kate, seine Frau Claire und seine Tochter Martha, sowie seinen besten Freund Hasi zum Abendessen im exklusivsten Restaurant in ganz New York aus. Sie feierten, es wurde viel gelacht und es war ein sehr netter Abend.

Am 3. Juli fuhr Walter mit Hasi ins Krankenhaus. Er ging zum Schalter und nannte der Schwester seinen Namen. „Der Doktor wartet schon auf Sie, Mr. Tech." Walter ging in das Zimmer. Dort wurde er von einem im Krankenhaus beschäftigten Arzt untersucht. Nach der Untersuchung machte er sich auf den Weg zur Praxis von Doktor Jackson, wo er alles Weitere klärte.

Der Tag der Operation rückte immer näher. Walter probierte unermüdlich seinen Prototypen aus, indem er den Chip an seinen Computer anschloss, und er stellte fest, dass jeder Testlauf ein voller Erfolg war. Walter freute sich sehr, dass seine Erfindung nun endlich funktionierte.

DER GROSSE TAG DER OPERATION

Der große Tag stand nun an. Walter wachte erst um 9 Uhr früh auf. Danach trottete er noch halb verschlafen hinunter in das Wohnzimmer des Hauses. Claire saß schon am Esstisch und schlürfte einen Kaffee, während sie die neueste Ausgabe der New York Post las. Sie schaute Walter verdutzt an, da er noch in seinen Pyjama gekleidet war.

„Guten Morgen, Schatz."

„Guten Morgen, Claire. Wie hast du denn geschlafen?"

„Sehr gut. Schon nervös vor der Operation?"

„Ein klein wenig."

Vor der Operation durfte er nichts essen und trinken, deswegen setzte er sich ohne Frühstück vor den Fernseher. Er blickte sich um und fragte, wo sich seine Tochter aufhielt. Claire antwortete: „Die ist oben und spielt mit Hasi in ihrem Zimmer." Walter ließ den Flimmerkasten laufen, stieg die Treppe hinauf und klopfte dann an die Zimmertür seines Töchterchens. Nachdem er einige Sekunden verharrte, öffnete er die Tür und erblickte Martha, die mit Hasi auf dem Boden saß. Der muskelbepackte Bodyguard hielt eine kleine Teetasse in der Hand. Die Gastgeberin der Tee-Party hielt eine Teekanne in den Händen und tat so, als würde sie etwas in Hasis Tasse schütten. Er sagte mit seiner gewohnt tiefen Stimme: „Martha, Miss Johnson möchte noch ein Tässchen voll mit Tee haben." Walters Tochter drehte sich zu einer Puppe um und füllte ihr noch ein wenig der nichtvorhandenen Flüssigkeit in die Tasse. Hasi hob den Becher zu seinem Mund und tat so, als würde er trinken. Walter wünschte ihnen noch viel Spaß und verschwand dann wieder zu seiner Glotze. Er sah noch ungefähr fünfzig Minuten fern und ging dann in sein Schlafzimmer, um sich umzuziehen. Kurz nachdem er fertig war, holte er Hasi. Walter verabschiedete sich von seiner Tochter:

„Ich komme bald wieder zurück, du kannst mich aber besuchen, wenn du möchtest. Pass gut auf Mami und auf Hasi auf, okay? Bis bald, Martha!" Walter umarmte seine Tochter und die beiden verabschiedeten sich voneinander. Auf dem Weg zur Garage bog der Wissenschaftler noch in die Küche ein, um sich von Claire zu verabschieden.

„Viel Glück und bis bald!", sagte sie mit besorgter Stimme, während die beiden sich umarmten. Walter redete beruhigend auf Claire ein: „Es wird alles gutgehen. Vertrau mir!"

Die beiden Männer machten sich in Walters Ford auf den Weg. Als sie das Krankenhaus erreicht hatten, wies Walter Hasi an, wieder nach Hause zu fahren. Denn es war nicht notwendig ihn ins Krankenhaus zu begleiten. Der Bodyguard wünschte seinem Chef, ehe er davonfuhr, noch alles Gute.

Die Krankenschwester bat Walter, den Operationsmantel anzuziehen. Nach wenigen Minuten betrat sie den Raum mit einem Rasiermesser. Sie rasierte ihm damit eine Glatze. Währenddessen kam Dr. Jackson und begrüßte Walter. Er händigte dem Arzt den Mikrochip samt Metallring aus. Danach legte er sich auf den Operationstisch. Die Arzthelferin drückte Walter eine Narkosemaske ins Gesicht. Wenige Augenblicke danach fielen seine Augen zu. Es war ein kalter und traumloser Schlaf.

Es kam dem Wissenschaftler nur wie Sekunden vor, aber er schlief tatsächlich 72 Stunden lang. Nach dem Ende dieses Zeitraumes erwachte Walter keuchend. Ein wenig benommen öffnete er die Augen. Er wollte sich am Kopf kratzen, aber die Schwester, die neben ihm stand, hielt ihn mithilfe eines sanften Schlages auf seine Hand davon ab.

„Wo bin ich? Aber noch wichtiger, wer sind Sie?"

„Ich bin Mrs. Christina Johnson, eine Krankenschwester, und Sie sind im New York General Krankenhaus."

„Ach ja. Jetzt, wo Sie es sagen, fällt es mir wieder ein. Bitte, ich muss Claire und Martha anrufen."

„Wen?"

„Meine Frau und meine Tochter. Dürfte ich Sie bitten, die Nummer zu wählen?"

„Wenn Sie sie mir diktieren."

Er sagte ihr die Nummer seines Eigenheimes an und bat die Frau, ihm den Hörer zu geben.

„Claire Tech?"

„Claire, ich bin es, Walter."

„Walter, du bist endlich erwacht! Wie geht es dir?"

„Gut, gut, danke der Nachfrage."

Sie telefonierten noch, bis die Schwester wieder das Zimmer betrat.

Nach drei Wochen durfte Walter endlich wieder nach Hause. Er rief Claire an und bat sie, ihn abzuholen. Sie war gerade mit Martha bei ihren Eltern in Nashville. Sie wies ihn an, Hasi anzurufen, denn dieser war zu Hause geblieben, um auf Abruf bei Walter sein zu können. Der Wissenschaftler konnte sich gerade mal anziehen, da stand Hasi schon in der Tür des Krankenhauszimmers. Walter bezahlte die Rechnung seines Krankenhausaufenthalts und auch das Honorar für Doktor Jackson. Nun war sein Bankkonto um 100.000 Dollar erleichtert worden.

Der Wissenschaftler verließ mit seinem besten Freund das Gebäude. Hasi half ihm, sich auf den Beifahrersitz des Fords zu quälen. Der Bodyguard lenkte den Wagen sachte in Richtung der Einfahrt des Hauses mit der Hausnummer 321A. Danach stützte er Walter, half ihm, sich einen Pyjama anzuziehen und sich in sein Bett zu legen. Wenige Minuten, nachdem er sich hingelegt hatte, war er schon eingeschlafen.

Am nächsten Tag rief der Doktor bei Walter zu Hause an.

Er fragte: „Walter, wie geht es Ihnen? Sie müssen es nun für die nächsten drei Wochen ruhig angehen lassen."

„Gut, danke der Nachfrage. Okay, das werde ich."

„Gute Besserung und auf Wiedersehen."

Als Hasi nach ihm sah, bat Walter ihn, einen Fernseher kaufen zu gehen und ihn in seinem Schlafzimmer zu installieren.

Nach zwei Stunden stand der Fernseher auf der Kommode, die genau gegenüber vom Bett des Wissenschaftlers stand. Hasi brachte ihm die Fernbedienung und stellte ihm ein Glas Wasser hin, damit er seine Medizin nehmen konnte.

Um 11 Uhr früh wählte Walter eine Nummer mit der Vorwahl von Brooklyn.

Eine raue, kräftige Stimme antwortete: „Hier bei Cäsar dem Großen? Wer spricht da?"

„Guten Morgen, Cäsar, ich bin's, Walter!"

„Ah, guten Morgen, Walter, was gibt's, mein Freund?"

„Ich wollte dir nur sagen, dass ich die nächsten drei Wochen nicht zu unseren Pokerspielen kommen kann."

„Warum denn nicht? Die letzten Wochen konntest du auch nicht kommen."

„Ich hatte eine Operation und muss mich für die nächsten drei Wochen schonen."

„Ich hoffe, dass wir bald wieder das Vergnügen deiner Anwesenheit haben werden. Gute Besserung."

„Ja, ich auch, auf Wiedersehen!"

Nach dem Telefonat schaute Walter den restlichen Tag fern.

Die drei Wochen vergingen dank des neuen Fernsehers schneller, als Walter gedacht hatte. Er lag fast die ganze Zeit in seinem Bett, da er nicht viel anderes tun konnte, außer hie und da ein paar erfolglose Tests mit dem Mikrochip zu machen.

Am Donnerstag, den 22. August, fuhr Walter den ersten Tag nach seinem Krankenstand wieder mit neuer Energie zu seinem Arbeitsplatz. Bevor er in sein Labor ging, besuchte er Jordan Williams, seinen Kollegen aus der IT-Abteilung. Dort klopfte er. Walter wartete auf das „Herein", bevor er die Tür öffnete.

„Guten Morgen Walter, wie geht es Ihnen nach Ihrem Krankenstand?"

„Sehr gut, danke der Nachfrage. Jordan, ich wollte Sie fragen, ob Sie sich die Programmierung des Mikrochips noch mal ansehen könnten, da ich glaube, dass er nicht ganz optimal funktioniert. Denn in den letzten Tagen konnte ich meine Waffe damit nicht steuern."

„Aber sicher doch, Walter, drehen Sie sich doch mal um und nehmen Sie Ihren Hut ab."

Dies tat der Wissenschaftler. Nachdem das geschafft war, kam Jordan mit einem Kabel, steckte dies durch den Metallring, nachdem er die Abdeckplatte entfernt hatte, hindurch in den Mikrochip und ging dann wieder zu seinem Computer. Er wartete, bis die Daten des Chips geladen waren. Als Williams die Angaben begutachtet hatte, sagte er: „Der Chip hat sich zwar auf Ihr Gehirn eingestellt, hat aber einen Fehler bei der Kalibrierung. Ich muss ihn neu kalibrieren, das kann einige Minuten dauern."

„Okay. Vielen Dank."

„Ich starte jetzt den Vorgang."

Nach circa zehn Minuten war die Neukalibrierung abgeschlossen. Walter bedankte sich bei seinem Kollegen Jordan Williams und verabschiedete sich anschließend von ihm.

Walter wanderte in die Richtung seines Büros und sperrte dieses dann mit seinem Schlüssel auf. Er öffnete die Tür und betrat sein Labor. Danach zog der Wissenschaftler sein Sakko aus und den Kittel an. Anschließend legte er seine Aktentasche auf den Tisch und öffnete die Tasche. Dieser entnahm er den Schlauch und den Metallgriff. Als Erstes steckte er den Schlauch in die Öffnung in seinem Hinterkopf hinein. Als er eingerastet war, konnte man ein leises Klicken hören. Das andere Ende des Schlauches steckte er an seinen Prototypen. Walter strengte sich an und dachte an ein Schwert. Er vernahm ein kurzes Flimmern seines Prototypen, aber es tat sich nicht viel. Diesen Versuch wiederholte er so lange, bis die Uhr 18:30 Uhr schlug. Am Ende des Tages schaffte er es schon, dass sich ein Schwert kurz materialisierte. Anschließend verräumte er seine Sachen. Die nächsten zwei Tage arbeitete er durchgehend an seiner Gedankenkontrolle.

Nach einer Woche hatte Walter es endlich geschafft. Alle Nahkampfwaffen, die er sich vorstellte, konnte er nun nur mit Hilfe seiner Gedanken materialisieren. Als er es das erste Mal geschafft hatte, holte er Hasi zu sich, damit dieser zusehen konnte.

Am nächsten Tag gingen die beiden zur Ballistik-Abteilung, in der sich ein Schießstand befand. Dort gab Walter Hasi eine Spielzeugpistole. Anschließend trat er in die Mitte des Raumes und wies seinen Freund an, auf ihn zu schießen. Bevor Walter auf den Knopf seines Prototypen drückte, steckte er noch den Schlauch an seinen Hinterkopf sowie an seinen Prototypen. Danach strengte er sich an und stellte sich ein Rapier vor. Wenige Augenblicke später materialisierte sich dieses. Nachdem sich die Waffe gebildet hatte, stellte sich Hasi breitbeinig vor ihn hin, legte an, holte einmal tief Luft und schoss nun mit der Spielzeugpistole auf Walter. Kaum war der Schuss gefallen, zuckte Walters Waffenarm in Sekundenschnelle nach unten und dann wieder zurück nach oben. Danach schaltete er die Waffe aus, bückte sich und hob zwei Gummiklumpen auf. Anschließend schritt er zu Hasi und zeigte sie ihm.

„Das war der Gummipfeil, den Sie gerade eben geschossen haben", erklärte Walter seinem Freund.

„Der ist ja genau in der Mitte geteilt. Wie haben Sie das so präzise geschafft?"

„Keine Ahnung, aber wir beide müssen diesen Versuch noch ein paar Mal wiederholen."

„Ihr Wunsch ist mir Befehl."

„Sie haben noch circa elf Pfeile in Ihrem Magazin, die werden wir heute noch verschießen. Danach machen wir mit Dartpfeilen weiter. Ich bin bereit", erklärte Walter und betätigte wieder den Einschaltknopf seiner Waffe.

Eine runde Klinge materialisierte sich. In Hasis Gesicht konnte man förmlich ein Fragezeichen sehen.

„Das ist eine eigene Kreation. Ich nenne sie Kristallschwert."

„Es sieht überwältigend aus!", rief Hasi aus.

„Nun schießen Sie bitte!", befahl Walter.

Hasi gab eine Salve von fünf Schüssen ab. Walters Waffe zuckte fünf Mal und die Geschosse wurden wieder präzise geteilt. Danach ging Walter zu seinem Schrank und holte eine Augenbinde heraus. Diese band er sich um, sodass er nichts mehr sehen konnte. Dann wies er Hasi erneut an, einen einzelnen Schuss abzufeuern. Der dachte kurz nach und schoss dann. Einen Augenblick später traf der zerteilte Pfeil auf dem Boden auf. Ohne Walter Bescheid zu geben, richtete der Bodyguard die Waffe auf ihn und feuerte wieder eine Schusssalve von fünf Schuss ab. Alle Geschosse wurden präzise genau gespalten.

Walter riss sich die Augenbinde vom Kopf, blickte Hasi entsetzt an und fragte ihn: „Warum haben Sie das getan?"

„Sie wollten doch ein Experiment, oder? Wenn Sie diese Waffe gegen einen Schützen benutzen, fragt der Sie auch nicht, ob er schießen darf, oder irre ich mich?"

„Das stimmt, Sie haben recht, vielen Dank, dass Sie sich um die Echtheit dieser Versuche bemühen. Wenn ich Sie bitten dürfte, die Dartpfeile zu nehmen und zu werfen?"

Dies tat der Angesprochene dann auch. Er stellte sich mit dem rechten Bein nach vorne hin und legte mit dem Pfeil auf Walter an. Anschließend warf er diesen mit einer eleganten, fließenden Bewegung. Walters rechter Arm, der die Waffe nicht in der Hand hielt, zuckte einmal kurz und schon hatte er den Pfeil in der Hand. „Tut mir leid, das war ein Reflex. Noch mal auf Anfang." Walter schritt mit der entflammten Waffe zu Hasi und drückte ihm den Dartpfeil in die Hand. Hasi positionierte sich wieder wie zuvor und legte an. Er warf das Wurfgeschoss erneut. Diesmal zerschnitt Walter den Pfeil, anstatt ihn zu fangen. Sogar die Spitze war präzise, der Länge nach gespalten.

Nun stiegen Walter und Hasi auf japanische Wurfsterne um. Der Wissenschaftler zerteilte drei von ihnen auf einmal.

Walter ging zu seinem Kasten und holte ein Rapier heraus. Er gab das Schwert Hasi und forderte ihn auf, sich mit ihm zu duellieren. Die beiden wichen voneinander zurück und nahmen ihre Duell-Haltungen an. Hasi ließ die Spitze seiner Stichwaffe gen Walter zeigen und holte anschließend damit aus, um einen Angriff auszuführen. Die Schwertklinge schwang von der rechten Seite auf Walter zu. Dieser tänzelte geschickt zur Seite. Danach hieb er in Hasis Richtung. Dieser parierte mit dem Rapier. Wenige Sekunden nach dem Angriff zerbrach die Klinge aber mit einer scharfen Kante, ein wenig oberhalb der Hälfte seiner Klinge. Danach holte Hasi zum Angriff aus. Er hieb zweimal in Richtung Walter. Dieser wehrte die Schläge ab und schaltete danach die Waffe ab. Der restliche Teil des Rapiers zerfiel in Einzelteile.

Zu guter Letzt legte Walter seinen Kittel auf einen Stuhl, zog eine Mauser M712 aus seinem Köcher, umschloss mit seiner Hand den Lauf der Pistole, sodass der Griff auf Hasi gerichtet war. Der Bodyguard nahm die Waffe etwas zögerlich. Der Wissenschaftler trat fünf Meter zurück, danach ließ er sein Kristallschwert wieder entflammen. Er nahm eine abwehrende Haltung an. Der Wissenschaftler bekam ein Kribbeln im Bauch, da er leicht nervös war. Hasi richtete die Pistole auf Walter und spannte den Hahn der Waffe.

„Bereit, Walter?"

Der Angesprochene nickte und sagte: „Ich wurde bereit geboren!"

Danach krachte es einmal und der Wissenschaftler zerschnitt die Patrone.

Walter deaktivierte seine Waffe, zog ein Stofftaschentuch, auf das seine Initialen gestickt waren, aus seiner Brusttasche und tupfte sich damit die Stirn ab.

„Hasi, machen wir eine Pause?"

„Okay."

„Wollen Sie auch eine Limonade haben? Ich lade Sie ein."

„Gerne, wenn Sie mir eine Cola mitbringen könnten?"

„Okay, ich bin gleich wieder da."

Walter machte sich auf den Weg und bog wenige Augenblicke später in die Männertoilette ein. Dort nahm er seine Brille ab und steckte sie in sein Brillenetui. Kurz darauf zog er, nachdem er ihn auf kalt geschaltet hatte, am Wasserhahn, um das Wasser anzuschalten. Er ließ die kalte, klare Flüssigkeit in die Schüssel rinnen, die er mit seinen Händen gebildet hatte. Danach führte er die Hände zu seinem Gesicht und wusch sich dieses mit dem eiskalten Wasser. Anschließend ging er zum Papierhandtuchspender und trocknete sich sein Gesicht mit den Papierhandtüchern ab. Er verließ die Toilette, nachdem er sich seine Brille wieder vor die Augen gesetzt hatte, und machte sich auf den Weg zur Getränkeausgabe, wo er den Angestellten um zwei Coca-Colas bat. Als Walter die Flaschen in der Hand hatte, reichte er dem Beschäftigten einen Fünfdollarschein und gab ihm den Rest des Fünfers als Trinkgeld. Die beiden eisgekühlten Getränke brachte er zum Schießstand. Dort angekommen, öffnete er die beiden Flaschen am Tischrand. Eine davon gab er Hasi. Nach ihrer kleinen Stärkung schossen sie noch das begonnene Magazin fertig und machten dann Feierabend. Zu Hause füllte Walter das Magazin seiner Waffe neu auf.

DIE GEBURT VON
AIR SOLDIER

Nach der Sicherheitskontrolle ging Walter zusammen mit Hasi am 5. November zu seinem Büro. Als die beiden mit neuer Frische vor der halb offenen Tür standen, hielt Hasi Walter plötzlich mit seinem Arm zurück und gab ihm zu verstehen, er solle seine Waffen ziehen, entsichern und laden. Mit entsichertem Revolver schritt Hasi voran in Walters Büro. Agent John Smith stand zusammen mit einem älteren Herrn in einem schwarzen Anzug in dem Laboratorium.

„Ach, Sie sind es, Agent Smith, und das muss Ihr Partner sein, sehr erfreut", sagte Walter erleichtert, während er erst Smith und dann seinem Partner die Hand reichte.

„Es ist mir ein Vergnügen Sie kennenzulernen, mein Name ist James Hunt", sagte der schon ergraute Mann mit einer melodischen Stimme, und zwar so schnell, dass seine Zunge begann, Purzelbäume zu schlagen.

Agent Smith übernahm jetzt die Initiative: „Mr. Tech, in Anbetracht Ihrer jüngsten Erfolge mit dem Abwehren von Kugeln ..."

„Woher wissen Sie das?", fiel Walter ihm ins Wort.

„Wir haben Sie den ganzen gestrigen Tag beobachtet."

„Das habe ich gar nicht gemerkt. Wo waren Sie?"

„Wir haben hinter dem Spiegel gestanden und zugesehen, wir hatten auch Popcorn dabei. Also, weiter im Text. Wir haben Sie eben gestern beobachtet und wollten Sie daher fragen, ob Sie uns bei einem Dilemma helfen könnten?"

„Sicher, für einen Freund tue ich alles, was kann ich für Sie tun?", fragte Walter hilfsbereit.

„Okay, lesen Sie sich das durch, dann sind wir alle auf dem gleichen Stand", sagte der Agent, während er ihm ein aufgeblättertes Geschichtsbuch reichte.

Walter brauchte zwei Minuten, um den Artikel mit dem Titel „Das JFK-Attentat" zu lesen.

„Was? Oh nein, Präsident Kennedy wird in ein paar Tagen tot sein!“

„Ja, das ist der Grund, weswegen wir von Präsident Nixon geschickt worden sind, das ist der Präsident nach Johnson, der wiederum nach der Ermordung von Kennedy zum Präsidenten wurde. Nixon wollte die Ermordung Kennedys vereiteln, um die Amtszeit von Johnson zu verhindern, da unser Auftraggeber den Einstieg in den Vietnam-Krieg der USA abwenden will.“

„Ich helfe immer gerne. Wie wollen Sie vorgehen?“

„Also, wir werden Sie auf dem rechten Rücksitz platzieren, da der Todesschuss von rechts kam.“

„Eine Frage hätte ich noch, wenn Sie erlauben?“

„Schießen Sie los!“

„Wieso nehmen Sie den Schützen nicht einfach fest?“

„Das haben wir schon versucht, aber immer kläglich versagt, da er immer verschwunden ist, bevor wir bei ihm angekommen sind.“

„Ich habe verstanden. Weiß der Präsident davon?“

„Wir haben den ausdrücklichen Befehl, ihn nicht einzuweihen. Mein Partner und ich werden ihn mit irgendeiner Ausrede abspeisen. Das lassen Sie unsere Sorge sein.“

Nach diesem Gespräch kümmerte Walter sich darum, seine Erfindung zur Massenproduktion auszulegen. Am Abend rief er seine Frau an, um ihr wegen seiner Überstunden Bescheid zu geben. Walter arbeitete diese Nacht durch und ging erst am nächsten Tag abends nach Hause. Er arbeitete bis zum 20. November sehr hart.

Am 21. November in der Früh fuhr er allein zum Flughafen, nachdem er Hasi gebeten hatte auf seine Familie achtzugeben. Walter flog nach Texas.

Nach dreieinhalb Stunden landete der Flieger in Dallas, denn in dieser Stadt würde die letzte Wahlkampffahrt von Präsident Kennedy, wenn er nicht eingreifen würde, stattfinden.

Am Flughafen warteten schon die beiden Agenten Smith und Hunt. Walter trat zu den zwei Herren. Der Wissenschaftler erzählte: „Ich hatte Glück, dass die Beamten von der Flughafen-Security zu meiner Erfindung keine Fragen gestellt haben."

„Nein, hatten Sie nicht. Das haben wir schon im Vorfeld geregelt."

Walter bedankte sich dafür und erkundigte sich, wohin die Agenten ihn bringen würden. Sie sagten, das wäre geheim, und baten ihn, in die Limousine zu steigen. Walter tat, wie ihm geheißen, und sie fuhren los. Die Fenster waren so stark verdunkelt, dass der Wissenschaftler nicht hindurchsehen konnte. Als er versuchte, durch die Frontscheibe zu sehen, fuhr der Fahrer eine Zwischenwand hoch, sodass er wieder nichts sehen konnte. Da Walter nicht aus dem Fenster sehen konnte, dachte er einfach nur nach. Noch ganz in Gedanken versunken, merkte er, wie die linke Autotür geöffnet wurde. Walter stieg aus, hob sofort die Hand vor die Augen und blinzelte heftig wegen der starken Sonneneinstrahlung. Als sich seine Augen an das helle Tageslicht gewöhnt hatten, erblickte er ein stattlich wirkendes, mit blendend weißer Farbe angestrichenes Haus. Dort standen zwei Männer, die in schwarze Anzüge gekleidet waren und gleichfarbige Sonnenbrillen trugen. Die beiden Männer waren je mit einer Walther PPK und jeweils einer Charlton Automatic Rifle ausgerüstet, die sie sofort auf Walter richteten, als er ausstieg. Agent Smith klärte die beiden auf: „Er gehört zu uns, er soll morgen mit dem Präsidenten im Wagen sitzen, da Mrs. Kennedy im Safe House warten möchte." Die Männer nickten und richteten die Läufe ihrer Maschinengewehre wieder gen Himmel. Sie ließen die drei Herren passieren und das Haus betreten. Da erwartete sie ein Butler mit einer grauen Mähne. Er nahm Walter den Mantel und seinen Hut ab, hängte sie an einen Kleiderständer und fragte ihn, ob er etwas trinken möchte. Er bat um ein Glas Whiskey. Als der Butler dem Wissenschaftler das Getränk brachte, bedeutete er ihm, ihm zu folgen. Dies tat er und der Butler führte ihn in ein Zimmer, wo der Präsident der Vereinigten Staaten von Amerika saß, ebenfalls mit einem Glas Whiskey in der Hand. Als dieser Walter bemerkte, erhob er sich und reichte ihm die Hand. Diese Geste erwiderte der Wissenschaftler.

„Guten Tag, Mr. Tech. Setzen Sie sich bitte. Ich habe Sie bereits erwartet."

„Guten Tag, Mr. President. Vielen Dank", erwiderte Walter und setzte sich auf die Sitzbank, die genau gegenüber des Präsidenten platziert worden war. Die beiden Männer unterhielten sich noch eine Weile. Irgendwann kamen sie auf den Grund von Walters Anwesenheit zu sprechen.

Walter und Agent Smith wechselten rasche Blicke und dann begann der Wissenschaftler zu erzählen: „Also, Mr. President, was wissen Sie über die Agenten Smith und Hunt?"

„Ähm, ich weiß, dass die beiden Agenten der FPMA sind und dass Sie hier sind, um mir bei allen möglichen Aufgaben zu helfen."

Agent Smith warf Walter warnende Blicke zu und machte eine Geste die „Bitte hören Sie auf!" sagen sollte.

„Ich verstehe. Also die beiden wurden von Präsident Nixon, dem Nachfolger Ihres Nachfolgers, geschickt, um das morgige Attentat an Ihnen zu verhindern."

„Moment mal, ein Attentat, an mir? Morgen? Also wäre ich morgen um diese Zeit bereits tot? Und Sie beide kommen aus der Zukunft?"

„Ja Sir, ich kann es Ihnen sogar beweisen."

Agent Smith kramte die Zeitung aus seiner Aktentasche und gab Sie dem Präsidenten.

Ungläubig nahm er dem Agenten das Papier aus der Hand, studierte es für ein paar Minuten und sagte dann überrascht: „Donnerwetter, das war die Wahrheit."

„Und weil die Agenten den Attentäter nicht verhaften konnten, kamen sie zu mir, da ich mit meiner Erfindung Kugeln abwehren kann. Ich soll also Ihren Tod verhindern."

„Ah, aber eine Frage drängt sich mir noch auf. Warum sind Sie nicht noch einmal zurückgereist?"

„Wenn wir dreimal in die gleiche Zeit zurückkreisen, beschädigen wir das Raumzeitkontinuum, was katastrophale Folgen hätte", warf Agent Smith ein.

„Verstanden. Dürfte ich Sie bitten, mir Ihr Können zu demonstrieren, wenn es Ihnen keine Umstände bereitet?"

„Wenn Sie das gerne möchten, hole ich meine Erfindung. Vielleicht würden die beiden Leibgarden, die Sie vor dem Eingang postiert haben, auf mich schießen."

„Ich werde sie gleich informieren."

Nach diesen Worten erhob sich Walter und ging zu seinem Koffer, den er im Eingangsbereich stehengelassen hatte. Aus diesem zog er den Metallgriff und den Schlauch. Er zog die Deckplatte aus seinem Schädel. Ihm waren schon wieder kurze schwarz-graue Haare gewachsen. Anschließend steckte er den Schlauch an seinen Hinterkopf und am unteren Ende des Griffes an. Danach trat er aus dem Haus und ging genau zur Mitte der Auffahrt. Dort wartete er fünf Minuten, bis die Agenten mit dem Präsidenten aus der Tür traten. Bei den Leibgarden blieb Mr. Kennedy kurz stehen, wechselte mit ihnen ein paar Worte und ging dann zu einem Klappsessel, den der Butler wenige Minuten zuvor dort aufgestellt hatte. Er setzte sich.

„Sind Sie bereit, Mr. President?", fragte Walter.

„Bereit, wenn Sie es sind!"

„Kommen Sie, schießen Sie!", rief Walter.

Die Männer legten an. Walters Daumen wanderte in Richtung des Einschaltknopfes. Der erste Schuss ertönte. Walters Waffe entflammte, bewegte sich so schnell, dass es für das freie Auge nicht erkennbar war, und deaktivierte sich eine Sekunde darauf wieder. Danach bückte er sich, hob die beiden Hälften der Patrone auf und ging in Richtung des Präsidenten. Er zeigte ihm die Einzelteile der Kugel und erklärte ihm: „Ich kann den gleichen Trick auch mit Schusssalven und verbundenen Augen. Ich werde es ihnen direkt vorführen. Hat jemand von Ihnen ein Halstuch oder eine Augenbinde?"

Der Butler kam mit einem schwarzen Halstuch und band es

Walter, sobald er wieder auf seiner Position stand, um. Dann bat der Wissenschaftler die Herren, einfach irgendwann zu schießen, und zwar so, dass es unklar sein würde, wann. Walter schärfte seine Sinne. Er atmete tief ein und lang aus, da dies eine beruhigende Wirkung auf ihn hatte. Nach fünf Minuten knallte es noch einmal. Der Wissenschaftler schaltete sein Kristallschwert ein und zerschnitt die Kugel mit einer Präzision, als wäre die Patrone so hergestellt worden. Wenige Sekunden, nachdem Walter seine Waffe ausgeschaltet hatte, brach ein Kugelhagel über ihn herein. Der Wissenschaftler schwang das Schwert in einer gebogenen, achterförmigen Bahn von seiner rechten zur linken Seite. Nach seiner Vorstellung deaktivierte Walter seine Waffe und nahm die Augenbinde ab. „Das reicht für heute, meine Herren, danke für Ihre Hilfe", sagte Walter.

Nach dieser Vorführung zeigte der Butler, der den Namen James trug, Walter sein Zimmer. „Das Essen wird um Punkt 18 Uhr serviert, Sir." Der Wissenschaftler bedankte sich für die Information und James verließ den Raum.

Walter hatte noch zwei Stunden Zeit, daher ging er in das Badezimmer, seines Gästezimmers und ließ sich ein Bad ein. Während das Wasser in die Wanne lief, zog Walter sein Sakko aus. Danach schlüpfte er aus seinem Achselholster und verstaute es in seinem Koffer. Anschließend zog er den Schlauch aus seinem Hinterkopf und steckte die Deckplatte wieder in das Loch, welches seinen Hinterkopf säumte. Danach verstaute er seine Erfindung ebenfalls in dem Koffer. Anschließend legte er seine restlichen Kleidungsstücke ab und stieg in die Badewanne. Nachdem er gebadet hatte, kleidete er sich in ein neues weißes Hemd sowie die Hose eines Smokings. Danach zog er ein Buch aus seinem Koffer. Es hieß „James Bond: Goldfinger". Walter schlug es auf der Seite 145 auf und las die restliche Zeit der zwei Stunden noch. Am Ende der Zeit war er auf Seite 300 angekommen. Er band sich seine Fliege um, schlüpfte in sein Achselholster und zog das Sakko an.

Er hatte sich kaum fertig angezogen, da klopfte es an der Tür.

„Hier ist James, Sir."

Walter bat den Butler, einzutreten.

„Ich bin hier, um Sie zum Essen zu holen. Wenn Sie mir bitte folgen würden."

Walter folgte dem Butler in das untere Stockwerk und setzte sich neben den Präsidenten. Am Tisch saßen die beiden Agenten, der Präsident, seine Frau, seine Tochter Caroline Kennedy und John F. Kennedy jr. Die Tochter war sechs und der Sohn drei. Er saß in einem Hochstuhl neben seiner Mutter. Der Butler servierte nun die Vorspeise, es gab Tomaten mit Mozzarella. Walter nahm einen Bissen und hörte ein verdächtiges Geräusch, weswegen er unbemerkt seine sich im Achselholster befindenden Waffen entsicherte. Danach vernahm er ein metallisches Klicken, direkt hinter dem Präsidenten. Ohne zu zögern, zog er blitzschnell mit der linken Hand die rechte Waffe und schoss. Er hörte einen Schrei und ein dumpfes Geräusch, das ihn an den Aufschlag von Metall auf Holzboden erinnerte. Er erhob sich schnell vom Stuhl und sah den Butler, mit einer blutüberströmten Hand, hinter dem Präsidenten stehen. Er wimmerte, während er sich seine Hand hielt. Vor ihm am Boden lag ein durchschossener Smith & Wesson Revolver. Agent Smith zog seine Handschellen von seinem Gürtel. Diese legte er dann James um die Handgelenke. Präsident Kennedy, immer noch verblüfft, dankte Walter aufrichtig und befahl Agent Hunt, die Polizei anzurufen. Dieser sprang auf und lief, als wäre der Teufel höchstpersönlich hinter ihm her, zum Telefon.

„James, wie können Sie nur?"

„Sie haben meine Lucie! Sie wollen sie nur freilassen, wenn ich Sie umbringe! Es tut mir leid, Sir! Sie ist alles, was ich habe!"

„So viele Jahre haben Sie schon für mich gearbeitet. Sie hätten doch nur um Hilfe bitten müssen. Ich hätte Ihnen gewiss helfen können."

Agent Hunt ergriff den Kragen des Butlers und schrie ihn an: „Wer ist Ihr Auftraggeber?"

„I... Ich weiß es nicht! Ich bekam immer anonyme Nachrichten, als meine Frau verschwunden war. Die Entführer habe ich nie getroffen."

Die inzwischen eingetroffene Polizei, führte James ab. Nachdem sich die Aufregung gelegt hatte, beendeten sie das Abendmahl und Mr. Kennedy klärte Walter über den Ablauf des nächsten Tages auf: „Also, ich erwarte Sie um 11 Uhr in der Lobby, Agent Smith hat für Sie einen langen Kapuzenmantel gekauft. Danach werden Sie, der Gouverneur, dessen Frau, der Fahrer, ein Mann vom Secret Service und ich durch Dallas fahren."

Wegen der Nervosität, die sich bei Walter bemerkbar gemacht hatte, wachte er schon um 8 Uhr auf. Er entschied sich dafür, sein Buch weiterzulesen. Um 9 Uhr hatte er „Goldfinger" fertiggelesen. Danach kleidete er sich in den gleichen Smoking wie am vorigen Tag. Anschließend stellte er den Fernseher des Zimmers an und sah sich „Arrest and Trial" an. Wegen des üppigen Abendessens des Vortags hatte er keinen Hunger, weswegen er nicht frühstückte. Kurz bevor Walter das Zimmer verließ, putzte er seine Brille, damit er gut sehen konnte. Danach zog er die Abdeckplatte aus seinem Schädel. Gut gelaunt, aber ein wenig nervös, trat er aus seinem Zimmer und stieg die Treppe hinab, wo der Präsident schon auf ihn wartete und allmählich ungeduldig wurde.

Ein Mann und eine Frau, die Walter als Gouverneur John Connally und dessen Frau kannte, standen neben Mr. Kennedy.

„Agent Smith? Wo stecken Sie denn?"

„Hier, Sir!" John Smith eilte herbei, in der Hand einen langen, schwarzen Mantel. Er reichte diesen Walter.

„Entschuldigen Sie mich kurz." Der Wissenschaftler rannte wieder ins obere Stockwerk, da er seine Erfindung und seine Pistolen vergessen hatte. Oben angekommen, öffnete er die Tür und trat ein. Er ging zum Koffer, nahm seine Erfindung und das Holster samt Handfeuerwaffen heraus. Ein Ende des Schlauches steckte der Wissenschaftler in seinen Hinterkopf und das andere in seinen Prototypen. Walter drückte den Einschaltknopf und ließ die Waffe kurz entflammen, um sich zu vergewissern, dass sie noch voll funktionsfähig war. Anschließend schlüpfte er aus seinem Sakko und legte sein Achselholster an. Danach zog er sein Jackett und den schwarzen Mantel wieder an. Der Wissenschaftler eilte die Treppe hinunter. Allmählich wurde es Zeit. Walter und die anderen, die sich hier versammelt hatten, warteten kaum fünf Minuten, da fuhr schon ein dunkelblauer Lincoln Continental X-100 mit offenem Verdeck vor. Der Gouverneur und seine Frau wurden in die zweite Reihe gesetzt, ein Mann vom Secret Service wurde auf dem Vordersitz neben dem Fahrer platziert und Walter saß auf dem rechten sowie der Präsident auf dem linken hinteren Sitz. Kaum hatten die Fahrgäste ihre Plätze eingenommen, brauste der Lincoln davon. Er fuhr mit Tempo 60 Meilen pro Stunde, bis sie sich der Menschenmenge näherten. Nun war es schon 12:10 Uhr, da die Fahrt über eine Stunde gedauert hatte. Ein paar hundert Meter vor der Menschenansammlung bremste der Fahrer auf 20 Meilen pro Stunde herunter. Augenblicklich machte sich auf Präsident Kennedys Gesicht ein breites, mit weißen Zähnen versehenes Lächeln bemerkbar. Er winkte und lächelte. Das tat der Präsident die restliche Fahrt über. Um 12:28 Uhr drehte sich Nellie Connally, die Frau des Gouverneurs, zum Präsidenten um und sagte:

„Mr. President, man kann nicht sagen, dass Dallas Sie nicht liebt."

Der Präsident, immer noch lächelnd und winkend, antwortete: „Nein, das kann man ganz sicher nicht sagen."

Walter entsicherte seine Pistolen. Keine zwei Sekunden später knallte es. Noch während des Knalles schaltete Walter seine Waffe an. Der erste Schuss verfehlte sein Ziel katastrophal. Das zweite Geschoss zerteilte Walter, aber Teile davon verletzten Connallys Brust, Handgelenk und seinen Oberschenkel. Er sackte schwerverletzt auf dem Schoß seiner

Frau Nellie zusammen. In der Menschenmenge brach Panik aus. Walter vergewisserte sich, dass es Mr. Kennedy gut ging, und zerschnitt anschließend die dritte Patrone, die dadurch den Kopf des Präsidenten um Haaresbreite verfehlte. Als er den Schuss abgewehrt hatte, deaktivierte er die Waffe. Anschließend zog er beide Mauserpistolen in Sekundenschnelle und schoss blitzschnell in die Richtung, aus der die Schüsse gekommen waren. Er hörte ein Krachen und einen durch Mark und Bein gehenden Schrei. Der Fahrer trat das Gaspedal bis zum Boden durch und raste wie der Wind davon. Walter dachte kurz nach.

Einen Moment später erhob sich der frischgebackene Held und sprang in hohem Bogen aus dem Wagen. Er federte sich mit einer Fassrolle ab und rannte in wenigen Minuten durch die Menge. Als er sich durch die Menschenmenge gedrängelt hatte, lief er zu dem Haus, von dem die Schüsse gekommen waren. Kurz bevor er das Haus betrat, stießen die Agenten John Smith und James Hunt mit gezogenen Waffen zu ihm. Zu dritt stürmten die Männer das Haus und liefen in das 5. Obergeschoss hinauf. Oben angekommen, eilten sie ins Schulbuchdepot. Sie betraten das Lager und gingen zum Fenster, wo ein Mann ununterbrochen wimmerte. Neben ihm lag ein in der Mitte zerschossenes Scharfschützengewehr. „Lee Harvey Oswald, hiermit verhafte ich Sie wegen des versuchten Mordes am Präsidenten der USA, John F. Kennedy", sagte Agent Smith, während er seine Handschellen vom Gürtel zog. Agent Hunt ging und holte den Erste-Hilfe-Koffer, um Oswalds Hand, in die Walter ein Loch geschossen hatte, zu verbinden, bis er ins Krankenhaus gebracht werden konnte. Die Sirenen waren schon zu hören. Nach zehn Minuten stürmten die ersten Polizisten in das Gebäude. Nachdem sie Oswald in einen Polizeiwagen gepfercht hatten, fuhr die Polizei mit ihrem Gefangenen zum örtlichen Krankenhaus. Als die Beamten verschwunden waren, fuhren Walter, Agent Smith und Agent Hunt wieder in das Safe House zurück.

Etwa eine halbe Stunde, nachdem die drei Männer am geheimen Aufenthaltsort des Präsidenten angekommen waren, kam die Limousine mit ebendiesem angefahren. Der Gouverneur, seine Frau und der Mann vom Secret Service waren im Krankenhaus geblieben. Der Präsident verkündete sichtlich erleichtert: „Mr. Connally ist außer Lebensgefahr." Man sah ihm an, dass er froh war noch am Leben zu sein. Alle Anwesenden waren hundemüde, weswegen sie sich schlafen legten.

Am nächsten Tag verabschiedete sich der Präsident von seinem Lebensretter. Walter wurde von Agent James Hunt und John Smith zum Flughafen gebracht. Am Terminal kaufte er sich eine Karte für den nächsten Flug nach New York. Er musste eine Stunde warten. Nach einer Dreiviertelstunde wurde die First Class zum Boarding aufgerufen. Er verstaute seinen Koffer, bevor er sich auf seinen Sitz setzte. Als die Stewardess kam, bat er sie um ein Glas Whiskey.

Der Flieger landete nach einem dreieinhalbstündigen Flug in New York. Am Flughafen stieg Walter in seinen Ford und fuhr los.

Zu Hause angekommen, öffnete er die Haustür und begrüßte Claire und Martha. Seine Frau sah gerade Nachrichten, wo ein Video von der Rettung des Präsidenten gezeigt wurde. Walter überlegte, ob er seiner Frau sagen sollte, dass er der Retter war.

EIN EINFLUSSREICHER FREUND

Der Wissenschaftler blickte auf seine Uhr. Sie zeigte 16 Uhr an.

„Es ist immer noch nicht zu spät, um pünktlich zum Pokerspiel zu kommen", dachte Walter laut.

Claire schmunzelte: „Geh schon, du warst eh schon lange nicht mehr dabei. Richte Cäsar liebe Grüße aus."

„Okay, mach ich. Ich ziehe mich nur noch schnell um. Hast du Bargeld da?"

„Ja, 5000 Dollar."

„Danke, die nehme ich mit, wenn das in Ordnung ist und wenn ich nichts gewinne, hole ich morgen bei der Bank neues Geld."

Nach dem kurzen Gespräch eilte Walter in sein Schlafzimmer, duschte in Windeseile und zog sich einen frischen Smoking an. Bevor er das Sakko und die Fliege anlegte, schlüpfte er wieder in sein Achselholster, das mit zwei Pistolen bestückt war. Als er fertig war, schlug die Uhr schon 17 Uhr. Walter ging in das Zimmer seiner Tochter, begrüßte sie und bat Hasi, mit ihm zu kommen. Nachdem der Wissenschaftler sein Auto aus der Garage gefahren hatte, stieg der Bodyguard hinzu. Während der Fahrt unterhielten die beiden sich über den Auftrag, den Walter erteilt bekommen hatte. Nachdem Hasi versprochen hatte, es niemandem zu erzählen, rückte der Wissenschaftler mit der Geschichte heraus.

Nach einer zehnminütigen Fahrt lenkte Walter seinen Wagen in die Auffahrt eines stattlichen Hauses. Er fuhr zu dem Parkplatz, der sich direkt neben dem Haus befand und parkte links neben einem silbernen Mercedes SL Pagode. Walter stieg aus und führte Hasi zu dem Haus hinauf. Dort klopfte er mit dem Türklopfer an. Wenige Augenblicke später öffne te sich die Tür und Giovanni, der Diener des Hauses, stand vor den beiden.

„Ah, Mr. Tech. Es ist mir eine Freude, Sie zu treffen. Wenn Sie und Ihr Freund mir folgen würden."

Der Butler führte sie in einen großen Raum. In diesem Saal stand ein riesiger Tisch. An der Tafel saßen ein in einen schwarzen Anzug mit Hut gekleideter Mann, eine Frau, in einem schwarzen Dinnerkleid und Captain Bond, dessen Bekanntschaft der Wissenschaftler vor Monaten geschlossen hatte.

„Ah, Walter, schön, dich mal wiederzusehen!", sagte Cäsar der Große mit seiner üblichen rauen, kräftigen Stimme.

„Walter, es ist mir wie immer ein Vergnügen", erwähnte Kleopatra, die Frau des Mafiabosses.

„Ach ja, habe ich dir schon erzählt, dass wir einen Ersatz für Robert gefunden haben? Das ist Captain Arnold Bond vom 66. Polizeirevier. Ein guter Freund.", meinte Cäsar.

Robert Wagner war der Bürgermeister von New York. Er hatte keine Zeit und kein Geld mehr, um zu spielen.

„Wir hatten schon das Vergnügen, uns kennenzulernen. Kommen Simon und Emi heute nicht?"

„Sie sollten eigentlich jeden Moment hier auftauchen."

„Soll ich dir nicht meinen Freund vorstellen?"

„Nein, wir kennen uns schon. Er war früher mein bester Auftragskiller. Alle nannten ihn nur Ombra. Das ist Italienisch für Schatten. Dieser Spitzname hatte auch einen Grund, da man ihn während eines Auftrags nie zu Gesicht bekam. Seine Ziele erblickten sein Antlitz nicht, bevor sie schon tot waren. Er arbeitete bis Ende letzten Jahres für mich, bis er aus heiterem Himmel gekündigt hat. Ich entsendete natürlich, wie es bei uns Mafioso der Brauch verlangt, fünfzig meiner besten Männer, um ihn zu beseitigen. Sie kamen in Leichensäcken zurück. Es wurden alle mit einem Kopfschuss getötet. Er hat sich den Ruhestand von meinen Mafiageschäften redlich verdient. Nicht wahr, mein Freund?"

„Das ist wahr, Don Cesare. Es freut mich, dass Sie mich mitspielen lassen."

„Es ist mir eine Ehre, gegen dich zu spielen, Ombra."

Da kamen auch schon Emi und Simon, sie waren ebenfalls in schwarze Anzüge gekleidet. Kleopatra fungierte wie immer als Bank. Zunächst bekam jeder zwei Karten. Walter bekam zwei Damen. Er setzte 500 Dollar. Die anderen Mitspieler lugten in deren Spielkarten. „Du steigst ja direkt mit einem hohen Einsatz ein. Du musst gute Karten haben", analysierte Cesare. In der Mitte des Tisches waren ein Herzdreier und eine weitere Dame. Walter wollte alles oder nichts. Er versuchte, ein Full House zu bekommen.

Simon schmiss die Karten hin und sagte: „Ich bin raus!"

Er deckte seine Karten auf.

Emi schimpfte: „Ma du bisch so ein Volldepp. Bisch du eigentlich so doof oder tuasch du nur so? Na, na, der isch so doof. Des woren so guate Karten. Du Honk! Hargot Zakka nomal eini, dir fahlts jetz langsam komplett, mein Freund und Kupferstecher. So wersch ma den Tausender, den ma schuldesch, nia zruckzollen kennen!"

„I huns kappiert, i hun an Fehler gmacht. I wears da schon zruckzahlen! Chill a mal a bissl."

Walter verstand zwar kein Wort, wusste aber, dass das nicht sehr nett war. Emi beruhigte sich ein wenig. Er legte einen Fünfhunderter in den Pott. Hasi legte ebenfalls einen 500-Dollar-Schein hinein. Cäsar dachte kurz nach und verdoppelte dann sogar. Es wurde Emi dann nun auch zu viel und er stieg aus. Walter legte erneut einen Fünfhunderter hinein. Hasi blickte in seine Karten und legte einen weiteren Schein in den Pott. Kleopatra deckte noch eine Karte auf und legte sie in die Mitte. Es war eine Karo Drei. Walter setzte einen Tausender. Cäsar erhöhte seinen Einsatz auf 2500 Dollar. Walter legte auch noch einen Fünfhunderter in den Pott. Hasi schmiss die Karte hin. Kleopatra bat: „Bitte deckt die Karten auf." Cäsar deckte zuerst auf. Er hatte einen Drilling: einen Herz Neuner, einen Karo Neuner und eine Pik Neun. Er lächelte siegessicher. Während Walter seine Karten aufdeckte, konnte man sehen, wie Don Cesare das Lachen im Halse steckenblieb. Walter verdiente in dieser Runde 4500 Dollar. Die nächste Runde ging an Cäsar. Er gewann 2000 Dollar. Die letzte Runde konnte Simon für sich entscheiden, mit einem Gewinn von 2500 Dollar. Walter verließ das Anwesen von Cäsar um 3000 Dollar reicher als zuvor.

Während der Autofahrt fragte Hasi: „Woher kennen Sie eigentlich Don Cesare?"

„Das ist eine lange Geschichte. Okay, zu meiner Zeit hieß er noch Cesare Tampellini. Er war der Erste der Familie Tampellini, der hier in den USA zur Welt kam. Er ist nur ein Jahr älter als ich. Cäsar war schon immer ein intelligenter Mensch und ein gerissener Geschäftsmann. Wir wurden auf Anhieb die besten Freunde. Er wohnte nur einen Block von mir entfernt. Als wir sechzehn waren, spielten er, Claire und ich jeden Freitag Poker. Claire war meine erste Freundin und ist jetzt meine Frau. Seit Martha geboren wurde, spielt Claire nicht mehr mit, sie passt immer auf unsere Tochter auf. Cäsar war nie kriminell, bis er der Kopf der Familie Capone geworden war. Diesen Posten hatte er von seinem Onkel Alfonso „Scarface" Capone geerbt. Er leitet die komplette Chicagoer und Teile der New Yorker Mafia von hier aus. Ich setzte meine Energie für Gutes und er für weniger Gutes ein."

DAS TRAINING

Walter hatte bereits den ausgehandelten Errichtungsbonus erhalten und kümmerte sich nun darum, ein Fabriksgebäude zu bekommen. Er fand einen neugebauten Betrieb. Die Fabrik kostete den Wissenschaftler 25 Millionen Dollar. Danach kaufte er noch Maschinen, die am offiziellen Markt erst in ein paar Jahren erhältlich sein würden.

Am nächsten Tag ging Walter zu Jordan Williams.

„Guten Morgen, Jordan."

„Guten Morgen, Walter. Was kann ich für Sie tun?"

„Ich wollte Ihnen ein Angebot unterbreiten."

„Okay, ich werde Ihnen gerne zuhören."

„Also, ich werde bald mein eigenes Etablissement aufmachen und brauche einen sehr guten Informatiker, der mir mit der Programmierung meiner Maschinen hilft und diese auch betreut. Deswegen wollte ich Sie fragen, ob Sie für mich arbeiten wollen?"

„Ich muss an meinen eigenen Projekten arbeiten, tut mir leid, aber ich kenne da jemanden, der Ihnen weiterhelfen könnte."

„Ach ja? Wen haben Sie da im Kopf?"

„Ein Bekannter, der gerade sein Talent für die Informatik gefunden hat. Er ist der beste Informatiker, den ich, mich eingeschlossen, je gesehen habe. Er ist viel besser als ich. Ich werde Ihnen ein Treffen arrangieren."

„Vielen Dank, Jordan. Könnten Sie sich dann bitte bei mir melden?"

„Okay, gerne! Ich werde in den nächsten fünf Tagen zu Ihnen kommen und Ihnen wegen des Termins Bescheid geben."

Nach drei Tagen kam Jordan Williams in Walters Büro und erklärte: „Ihr Termin mit Angelo Rutherford findet am 5.

Dezember um 12:30 Uhr in Johns Diner statt. Wäre das in Ordnung für Sie?"

„Das ist sehr gut. Vielen Dank, Jordan."

Am 5. Dezember um 12 Uhr verließ Walter seinen Arbeitsplatz, um zu Johns Diner zu fahren. Als der Wissenschaftler beim Restaurant angekommen war, trat er ein und blickte sich um. An einem Tisch saß ein fast zwei Meter großer, etwa zwanzig bis fünfundzwanzig Jahre alter Mann. Als er bemerkte, dass Walter angekommen war, blickte er von seinem Wissenschaftsmagazin auf und winkte ihm zu. Sie reichten sich die Hände und begrüßten sich:

„Ah, guten Tag, Mr. Rutherford."

„Nennen Sie mich bitte Angel, Mr. Tech."

„Walter bitte, Angel."

„Walter, Jordan hat mir erzählt, dass Sie einen Job für mich hätten."

„Ja, und zwar suche ich den besten Informatiker und Maschinenbetreuer, der mir meine Maschinen programmieren und warten kann. Ihr Gehalt wären 5000 Dollar im Monat."

„Okay, das ist eine sehr gute Bezahlung. Wie viele Stunden müsste ich denn in der Woche arbeiten?"

„Das wäre von 7 Uhr in der Früh bis 5 Uhr am Abend, mit einer Stunde Pause, fünf Tage die Woche, neun Stunden am Tag, also fünfundvierzig Stunden die Woche."

„Das klingt mehr als akzeptabel, ich sage zu. Wann werde ich anfangen?"

„Am 16. Dezember diesen Jahres. Ich freue mich, mit Ihnen zusammenarbeiten zu können."

Nach dieser erfolgreichen Abmachung verließ Walter das Diner und fuhr direkt wieder zu seiner Arbeitsstelle, wo Hasi auf ihn wartete.

Am 6. Dezember ging Walter in ein Lager des Laboratoriums, wo er alles, was er für eine Kristallbildung benötigte, mitnahm. Hinzukommend holte er noch Lithium und Natrium. Diese vermischte er und sammelte den fertigen Kristall am nächsten Tag wieder ein.

Er nahm den alten, blauen Kristall aus seinem Prototypen heraus, ersetzte ihn durch den nun lilafarbenen und aktivierte das Kristallschwert. Eine lilafarbene Klinge materialisierte sich. Diese Schwertklinge war stabiler als die blaue. Sie flackerte weniger. Er baute zwei starke Generatoren an das obere Drittel der Waffe an. Diese waren mit einem Knopf, der unter dem Einschaltknopf lag, verbunden. Als er diese beiden Knöpfe nacheinander gedrückt hatte, materialisierte sich zuerst das Kristallschwert und dann konnte man, wenn man genau hinsah, erkennen, wie sich eine dünne, fast durchsichtige Schicht über die Klinge projizierte.

Nachdem Walter seine Waffe wieder deaktiviert hatte, gingen sie zum Schießstand, wo er Hasi wieder seine zwei Mauser Pistolen in die Hände drückte. Walter holte einen schussfesten Anzug aus einem Schrank. Diesen zog Hasi an und legte mit den Waffen auf Walter an. Der Bodyguard spannte den Hahn. Walter schaltete sein Kristallschwert an. Hasi drückte mit beiden Zeigefingern ab. Der Wissenschaftler führte seine Waffe in die Richtung der beiden auf ihn zufliegenden Kugeln und wehrte sie ab. Aber diesmal zerschnitt er die Kugel nicht, sondern erreichte den gewünschten Effekt. Er leitete die beiden Kugeln zu Hasi zurück. Die Patronen trafen auf dem kugelsicheren Anzug auf. Hasi wurde zurückgeschleudert, die Kugeln blieben in der Jacke stecken. Walter deaktivierte seine Waffe und eilte zu Hasi. Dieser lag auf dem Boden und stöhnte leise. Der Wissenschaftler reichte dem Bodyguard seine Hand und fragte, ob alles in Ordnung sei. Dieser schlug ein und Walter half ihm, aufzustehen. Der Bodyguard zog die Kugeln aus seinem Anzug und sagte, dass alles in bester Ordnung sei. Diesen Versuch wiederholten die beiden Männer, bis die Magazine leergeschossen waren. Hasi war beeindruckt von dem Prototypen seines Freundes. Er faszinierte ihn.

Am nächsten Tag ging Walter zu Martin Ryan, seinem Chef, um ihn zu sprechen.

Er drückte sich vorsichtig aus:

„Martin, ich muss mit Ihnen sprechen. Ich werde kündigen, da ich mein eigenes Etablissement eröffnen möchte. Ich habe auch schon einen Liefervertrag verhandelt. Als Entschädigung würde ich das Laboratorium einmalig mit einer fairen Summe unterstützen."

„Einverstanden, wir werden Sie aber dennoch alle vermissen, Walter."

Sein Chef war nicht unbedingt begeistert, aber zeigte sein Verständnis. Als Walter dieses schwierige Gespräch hinter sich gebracht hatte, nahm er sich mehr Zeit, um mit Hasi seine Nahkampffähigkeiten auszubauen. Hasi war ein wahrer Meister im Nahkampf. Zuerst brachte er seinem Freund das Boxen bei. Als Walter diese Kampfkunst erlernt hatte, unterwies ihn Hasi in der Kunst des Kung-Fus. Um die beiden Kampfkünste zu erlernen, brauchte Walter eineinhalb Monate. Als er fertig war, übte er sich in der Athletik. Um dies zu tun, besuchte er täglich nach der Arbeit einen Hindernisparcours.

Am 16. Dezember stand Angel um 7 Uhr früh vor Walters Haustür. Er klopfte an. Der Wissenschaftler öffnete einen Augenblick später und bat seinen neuen Informatiker herein. Nachdem sie zusammen einen Kaffee getrunken hatten, fuhren die drei Männer Walter, Hasi und Angel zur Fabrik, die der Wissenschaftler gekauft hatte.

Als der vollbeladene Ford Cortina vor der Fabrik parkte, konnten die drei Männer Maler sehen, die in riesigen, strahlendweißen Buchstaben „Tech Industries" auf die Fassade der Fabrik schrieben. Als sie das Gebäude betraten, mussten sie wegen der Ansammlung des Staubes niesen und keuchen. Walter entschuldigte sich wegen des Dreckes und inspizierte das ganze Gebäude. Direkt neben dem Lieferanteneingang standen fünfzig Maschinen. Sie waren fix und fertig aufgebaut. Ein topmoderner Computer stand auf einem alten Mahagonischreibtisch. „Den habe ich schon für Sie besorgt und installieren lassen", erklärte Walter, während er auf den Rechner zeigte. Angel ging wie hypnotisiert auf den Computer zu. Er bekam große Augen. Walter erklärte ihm genau, was er von ihm haben wollte. Nachdem Angel seine Finger gedehnt hatte, startete er den Computer und fing an zu programmieren. Walter ging in eine kleine Besenkammer und kam dann mit zwei Besen zurück. Einen warf er Hasi zu. Dieser fing den Feger, ohne hinzusehen. Die beiden Männer begannen zu kehren. Um 12:30 Uhr machten die Drei eine Pause. Sie fuhren zu einem Restaurant und verspeisten dort einen Hamburger mit Pommes Frites.

Um 13:30 Uhr parkten sie wieder vor der Fabrik. Walter und Hasi begannen wieder den Boden zu fegen. Angel programmierte weiter. Um 17 Uhr beendeten die Männer ihren Arbeitstag. Am gleichen Abend fuhr Walter in einen Fachhandel und kaufte einen Gabelstapler. Dieser war eine Woche später verfügbar.

Als der Gabelstapler endlich da war, war die komplette Fabrik bereits ausgekehrt und das Programm war zu drei Vierteln geschrieben. Mit dem Stapler platzierte er die ganzen Maschinen an den dafür vorgesehenen Plätzen. Als Nächstes kümmerte sich der Wissenschaftler um die Beschaffung der Materialien. Gleich nachdem die Lieferung eingetroffen war, verschwand Walter im oberen Stockwerk. Dort hatte der Wissenschaftler sich ein chemisches Labor eingerichtet. In diesem Laboratorium stellte er seine Kristalle her. Diese hatte der Wissenschaftler in rot, blau, grün, lila, schwarz und weiß gemacht.

Am 27. Dezember waren die ersten Kristalle sowie die Programmierung der Maschinen fertig. Walter bestückte alle

Geräte mit den Materialien, die sie brauchten. Der Wissenschaftler und sein Team machten einen Testlauf. Als der erste Prototyp aus der Maschine kam, steckte Walter den neu erbauten an den Schlauch. Er schaltete den Prototypen an. Dieser flimmerte. Die rote Klinge materialisierte sich. Sie schaltete sich wenige Augenblicke später wieder aus. Anschließend war seine handgemachte Erfindung wieder an den Schlauch angesteckt und der Kristall ausgetauscht. Nach wenigen Nanosekunden erschien eine rote Klinge. Sie war stabil. Die Klinge flackerte nicht. Walters Gesicht leuchtete rot. Die Klinge war perfekt.

„Mit Ihrem Programm stimmt etwas nicht. Am Kristall liegt es nicht. Bitte bügeln Sie den Fehler noch aus."

Nach drei Tagen war alles ausgebügelt. Die Produktion wurde aufgenommen. Der Fertigungsvorgang einer „IMW", ausgeschrieben Imagine Weapon, dauerte zwei Minuten. Nach der Produktion wurden die IMWs in Kisten gepackt und neben dem Lieferanteneingang aufgestapelt. Die Mikrochips waren inbegriffen. Das verdankte er Angel, da er Jordan überreden konnte, ihm den Bauplan der Chips zu geben.

Pünktlich am 1. Januar 1964 wurden Walter die 10 Millionen Dollar überwiesen und die Waffen wurden am 13. Januar abgeholt. In Zukunft erfolgt die Abholung der Waffen immer am 1. des Monats.

Er steckte den Großteil von diesem Geld in die Errichtung einer Villa, die über einer Höhle gebaut wurde. Es dauerte drei Jahre, bis Tech Manor fertig errichtet worden war.

In diesem Jahr wurde John F. Kennedy wieder zum Präsidenten gewählt. Dieser Umstand freute Walter unheimlich. Die beiden trafen sich und stießen darauf an. Die Feier war schwungvoll. Die eine oder andere Flasche Whiskey wurde während der Feierlichkeiten leergemacht.

Am nächsten Tag läutete es an Walters Tür. Detective Kennedy stand davor. Walter bat ihn herein.

„Folgendes, Mr. Tech, der Prozess gegen Adam Johnson wird in ein paar Wochen beginnen. Deswegen wollte ich Sie fragen, ob Sie als Zeuge der Anklage fungieren könnten. Und wenn Sie eine Nebenklage einreichen möchten, müssten Sie das bis nächsten Mittwoch machen."

„Das mache ich. Und ich werde gerne Zeuge sein."

Als der Detective gegangen war, kümmerte sich Walter um alles, um eine Klage und um seinen Rang als Zeuge.

Am 3. Februar war es so weit. Walter fuhr zum Gericht. Dort machte er seine Aussage und setzte sich dann neben seinen Anwalt. Der Richter sagte ihm ein Schmerzensgeld in Höhe von 10.000 Dollar zu. Adam Johnson musste das Schmerzensgeld zahlen und wurde zur Höchststrafe verdonnert, weil er einen Doppelmord begangen hatte. Dies war die Todesstrafe. Denn der Ballistik-Bericht hatte ergeben, dass mit der Pistole, mit der Walter angeschossen wurde, auch die Morde an den Pritchetts begangen worden waren. Das Paar, welches ebenfalls im Labor gearbeitet hatte.

WALTERS GEHEIMER ARBEITSPLATZ

Am 3. März 1967 war die Villa fertig erbaut. Es war eine wahnsinnig große Garage dabei. Diesen Platz brauchte er auch. Denn gleich nachdem seine Garage errichtet worden war, kaufte er einige Wagen. Das erste Auto, das Walter kaufte, war ein silberner Aston Martin Db 5 – sein Traumauto. Ein paar weitere Autos hatte er sich auch noch zugelegt. Diese waren: ein schwarzer 1961er Jaguar E-Type, ein roter Porsche 911, ein blauer 1965er Iso Grifo und ein roter Ferrari Dino 206 GT-Baujahr 1967. Als die Arbeiten an der Villa beendet waren, begann Walter mit Claire und Hasi diese einzuräumen. Dieses Vorhaben dauerte ungefähr drei Monate. Hasi hatte sein eigenes Schlaf- und Badezimmer.

Am 3. Juni bat der Präsident Walter, ihm einen Besuch abzustatten. Diesem Anliegen folgte der Wissenschaftler natürlich. Einen Tag später landete er in Washington. Wenige Minuten nachdem das Flugzeug, in dem Walter saß, gelandet war, wurde er schon von Agent Smith und Agent Hunt abgeholt.

Mr. Kennedy wartete schon auf seinen Gast. Als Walter anklopfte, sprang der Präsident auf und bat ihn herein.

„Guten Morgen, Mr. Tech."

„Guten Morgen, Mr. President. Nennen Sie mich bitte Walter."

„John, Walter. Folgendes, ich möchte Sie um etwas bitten. Und zwar, Jackie, meine Frau, ist schwanger. Und da Sie mein Lebensretter und guter Freund sind, wollte ich Sie fragen, ob Sie der Patenonkel meines Kindes werden wollen?"

Walter war sprachlos. Er sagte selbstverständlich zu. Es war Walter eine Ehre. Der Wissenschaftler blieb noch ein paar Stunden und unterhielt sich mit dem Präsidenten, bis dieser zu einer wichtigen Besprechung musste. Walter verließ das Oval Office und wurde von seinen Freunden zum Flughafen gefahren.

Am Abend war Walter wieder zu Hause. Nach dem Abendessen ging er in sein Arbeitszimmer. Als er eingetreten war, schloss er die Tür mit seinem Schlüssel ab. Dort nahm Walter eine Fernbedienung aus einer geheimen Schublade die in dem neuen Schreibtisch, den er gekauft hatte, versteckt war. Auf dieser Bedienung drückte er einen Knopf und legte sie wieder in das Geheimfach, aus der er sie genommen hatte. Dann fuhr ein Apparat aus der Wand. Auf diesen legte er seine linke Hand. Walter spürte, dass seine Handfläche leicht erhitzt wurde. Als seine Hand gescannt worden war, kam ein Mikrofon aus der Wand. „Walter Richard Tech." Das Bücherregal glitt zur Seite. Dahinter kam ein Gang zum Vorschein, durch welchen er zu einer massiven Eisentür schritt. Hinter ihm schob sich das Bücherregal wieder vor den Geheimgang. Er zog einen anderen Schlüssel aus seiner Tasche und steckte ihn in das Schlüsselloch. Als Nächstes sperrte Walter die Tür vor sich auf und hinter sich wieder zu. Er betätigte den Lichtschalter, die Glühbirnen begannen zu flackern. Nach wenigen Augenblicken leuchteten die Lampen auf. Eine riesige Höhle wurde nun ausgeleuchtet. Walter marschierte direkt zum Eingang der Höhle. Dort konnte man sehen, dass der Wissenschaftler angefangen hatte, ein riesiges Tor zu bauen. Walter modellierte die Tür aus hartem Plastik. Er holte einen mobilen Laser von seinem Tisch und begann den Plastikklotz zu bearbeiten. Als er diese Aufgabe fertiggebracht hatte, ging er zu seinem Riesencomputer und schraubte ein bisschen daran weiter. Er arbeitete an dem Computer bis 22 Uhr. Danach verließ er seine Höhle, schloss alles wieder ab und huschte in sein Schlafzimmer.

Walter schlich auf Zehenspitzen durch das Zimmer, weil Claire schon eingeschlafen war. Er zog seinen Pyjama an und kroch unter seine Bettdecke. Wenige Minuten später war er eingeschlafen.

Am nächsten Tag fuhr Walter zusammen mit Hasi zu seiner Fabrik. Angel parkte genau zeitgleich am Parkplatz vor dem Fertigungsgebäude. Die Männer betraten das Gebäude. Hasi und Angel arbeiteten. Walter ließ sich entschuldigen und fuhr mit dem Gabelstapler davon. Er lenkte ihn zu seiner Villa. Aber er fuhr nicht zur Parkgarage oder etwa vor die Haustür, sondern zum Eingang der Höhle. Mit diesem Gabelstapler wollte er das Tor zu seiner Höhle einbauen. Den Mechanismus hatte er schon eingebaut. Jetzt musste er nur noch den Plastikklotz anbringen und richtig platzieren. Für diese Aufgabe brauchte er eineinhalb Stunden. Als er fertig war, stieg er wieder in den Gabelstapler und fuhr gemütlich zur Fabrik zurück. Sein Bodyguard und Angel machten gerade ihre Mittagspause. Walter ging währenddessen in sein Labor und produzierte neue Kristalle nach. Die nächsten Tage fuhren nur Angel und Hasi zur Fabrik, da Walter ganz in seine Arbeit an der Höhle vertieft war. Zuerst baute und programmierte er seinen Computer. Danach machte er sich an eine neue Erfindung. Seine Idee war es, Waffen aus Nanotechnologie zu kreieren. Es sollten Schusswaffen sein, die auf Knopfdruck in den Händen des Schützen erscheinen. Das Zeichnen der Pläne nahm zwei Stunden in Anspruch. Die Technik war ein wenig komplizierter. Dafür gingen etwa drei Monate drauf. Die Programmierung dauerte, da Walter im Programmieren zwar gut, aber auch nicht sehr gut war, einen ganzen Monat. Danach war die Erfindung fertig. Die Arbeiten daran waren viel schneller beendet, da Walter jetzt viel besser ausgerüstet war. Walter schrieb zu jeder Waffe, die er kannte, ein eigenes Programm. Er zog sich eine Vorrichtung, die rund und flach war, an. Sie war mit einem Metallring am Handgelenk des Wissenschaftlers festgemacht. Er lud das Programm für eine Mauser M712 in seine Erfindung. Walter ging zu dem Schießstand in seiner Höhle und drückte auf die runde, flache Scheibe. Eine schwarze Mauser M712 materialisierte sich. Er schoss zwölf Schüsse ab und die Kugeln durchschlugen immer die Mitte der Zielscheibe. Er war stolz, dass seine

Erfindung so gut funktionierte. Als Nächstes machte er sich an das Design einer Rüstung, denn Walter hatte sich dafür entschieden, seine Technologien für Gutes einzusetzen. Wie ginge das denn besser, wenn nicht als Superheld? Die Maske war ein massiver Metallhelm. Walter entwickelte eine spezielle Metalllegierung, die kugelsicher war. An der rechten, oberen Seite des Helmes befand sich ein Zielfernrohr. Der Helm bedeckte den ganzen Kopf, bis auf eine Stelle am Hinterkopf, weil dort der Schlauch für die IMW hindurchpassen musste. Er war Grün und Weiß gefärbt. Der Anzug war eher eine Rüstung, denn er war schusssicher und stabil. Der obere Teil des Gewandes war in Schwarz und verschiedenen Grüntönen angestrichen. In die Handschuhe war jeweils eine der Scheiben eingelassen. Die Beinelemente waren ebenfalls wie der Helm in Grün und Weiß bemalt. Vom Helm zu den Händen führten Kabel durch das Innere des Anzugs, um auf die Scheiben jederzeit ein neues Programm übertragen zu können. Wenn man den Helm abnehmen wollte, musste man ihn nach oben wegnehmen, damit die Kabel ausgesteckt wurden. Kaum setzte man ihn auf, hatten sich die Kabel wieder automatisch verbunden. Außerdem verfügte der Helm über eine Atemmaske und eine integrierte Taschenlampe, die am Zielfernrohr angebracht war. Als der Anzug fertiggebaut war, hängte er ihn in den Schießstand und schoss mit seiner Mauser auf ihn. Bis auf ein wenig abgeplatzte Farbe konnte man keine Mängel feststellen. Walter hatte auch noch eine andere gute Idee. Er wollte einklappbare Flügel, mit Raketenantrieb an den Rücken des Anzuges dranbauen. Der Wissenschaftler stellte sie selbst her.

Jetzt musste sich Walter nur noch einen Namen und ein Logo ausdenken. Das Logo waren zwei gekreuzte Pistolen und der Name „Air Soldier".

In der Zwischenzeit hatte Walter seinen 34. Geburtstag gefeiert. Die Familie Tech lud Claires und Walters Eltern zum Abendessen ein. Die angestellte Köchin des Hauses zauberte

zur Feier des Tages ein leckeres Spanferkel, Walters Leibge-
richt. Nach dem Essen servierte John, der Butler der Familie
Tech, einen leckeren Schokoladenkuchen, auf dem vierund-
dreißig Kerzen platziert worden waren. Walter blies sie alle
auf einmal aus.

DER ERSTE AUFTRAG
VON AIR SOLDIER

Walter sah gerade die Nachrichten. Es wurde über eine Überfallserie des Jolly Jokers berichtet, bei der fünf Wachmänner ums Leben gekommen waren. Er soll ein Psychopath sein, dessen Vorbild der Joker ist. Er kleide, schminke und verhalte sich auch so wie er. Jedem seiner Opfer schnitzte er ein Lächeln ins Gesicht. Nachdem er den Beitrag zu Ende gesehen hatte, stieg Walter in seine Höhle hinab. Dort breitete er eine Stadtkarte von New York aus. Auf dieser Karte markierte Walter alle Orte, die überfallen worden waren, mit Stecknadeln, die einen roten Kopf hatten. Nachdem er lange Zeit über der Karte gebrütet hatte, erkannte Walter ein System, nach dem die Banken überfallen worden waren. Wenn man es einmal verstanden hatte, war es ganz einfach. Der letzte Überfall war vor zwei Tagen in der Leclerc Bank an der West Side gewesen. Der einzig logische Ort für das nächste Ziel, wäre die Central Bank of Brooklyn. Die Überfälle fanden immer mit einem Tag Verzögerung, zehn Minuten vor Geschäftsschluss, statt. Bei dieser Bank würde es deshalb um 20 Uhr sein.

Am nächsten Tag um 19 Uhr sagte Walter seiner Frau, er müsste noch etwas arbeiten. In Wahrheit nahm er aber wieder die Fernbedienung aus dem Geheimfach seines Schreibtisches, drückte auf den Knopf und vollzog das Scannen seiner linken Handfläche sowie die Sprachkontrolle. Danach schritt er schnellen Schrittes den Gang entlang, schloss die massive Eisentür auf und ging zu dem mit Glas verkleideten Schaukasten, in dem sich Air Soldiers Rüstung befand. Er öffnete die Schranktür und legte seine Krawatte, sowie sein Sakko ab. Über Hemd und Anzughose zog Walter seine Rüstung an. Er war so aufgeregt, da das sein erster Auftrag als Superheld war. Walter ging zum Tor. Air Soldier drückte auf den Knopf, der an seinem rechten Unterarm eingelassen war. Das Tor öffnete sich. Er trat ein paar Schritte aus seiner Höhle und drückte anschließend auf den Knopf, der auf seinem linken Unterarm befestigt war. Zwei Joysticks fuhren aus den Armelementen seiner Rüstung. Wenige Augenblicke danach kamen Flügel und ein Triebwerk aus der Rückenplatte. Walter bewegte die Joysticks. Der Antrieb erwachte zum Leben. Air Soldier erhob sich langsam in die Lüfte. Er wusste, dass er sich beeilen musste, um vor dem Schurken bei der Central Bank zu sein. Und so flog er in Windeseile, wenn auch ein bisschen wackelig, zu seinem Ziel.

Mittlerweile zeigte die Uhr schon 19:45 Uhr. Walter landete auf dem Dach des Hauses, das sich direkt gegenüber der Bank befand. Er wünschte sich, er hätte ein Fernglas eingebaut, als ihm einfiel, dass er ein Zielfernrohr hatte. Dieses klappte er hinunter, sodass er alles gut im Blick hatte. Zwei Minuten später raste ein weißer Lieferwagen um die Ecke. Er blieb mit quietschenden Reifen vor der Bank stehen. Eine Gruppe von fünf Personen mit fünf Taschen und ebenso vielen Thompson 1928 Maschinengewehren kletterte aus dem Inneren des Wagens. Vier von ihnen hatten Clownsmasken auf, aber einer hatte keine. Dieser fiel durch seine neongrün gefärbten Haare und seinen lilafarbenen Anzug auf. Walter wartete, bis die Ganoven die Bank betreten hatten. Als dies geschehen war, fuhr er seine Flügel wieder aus und flog zur Bank hinüber. Vor dem riesigen Tor landete der Superheld.

Er klappte seine Flügel wieder ein, stieß die Tür mit seinem Fuß auf und rief in der bedrohlichsten Stimmlage, die er hinbekam: „Stopp, legen Sie die Waffen auf den Boden und nehmen Sie die Hände hoch, so dass ich sie sehen kann, wenn ich bitten dürfte!"

Der Mann mit den grünen Haaren drehte sich zu ihm um und richtete sein Gewehr auf Walter. „Das glaube ich nicht, mein Freund! Hahaha!"

Noch während er dies sagte, gab der Jolly Joker eine Schusssalve ab. Walter entzündete seine Waffe. Ein Schild formte sich. Walter musste sich breitbeinig, mit dem Oberkörper nach vorne gelehnt hinstellen, um nicht umgerissen zu werden. Als die erste Salve fertig war, deaktivierte er seine Waffe. Aber er aktivierte sie wieder nach wenigen Augenblicken und aus dem Schild wurde ein Kristallschwert. Dieses hielt er in der linken Hand. Mit dem rechten Zeigefinger drückte er auf die in die Rüstung eingelassene Scheibe. Eine schwarze Mauser M712 materialisierte sich. Der Jolly Joker blickte einen Moment verdutzt, eröffnete aber wenige Augenblicke später wieder das Feuer. Walter gab einen Warnschuss ab. Die anderen Bankräuber hatten sich inzwischen auch umgedreht und zielten auf den Mann in der Rüstung. Der Superheld drückte auf den in die Handfläche des Anzugs eingelassene Knopf. Die Pistole verschwand augenblicklich. Walter hielt das Schwert jetzt mit beiden Händen. Er drückte den zweiten Knopf. Die anderen Ganoven eröffneten jetzt auch das Feuer. Er parierte alle Patronen, die auf ihn zuflogen. Als die Verbrecher bemerkt hatten, dass die Kugeln zu ihnen zurückkamen, hörten sie auf zu feuern und schlugen mit ihren Gewehren die Glasscheiben der Schalter ein. Die Verbrecher schwangen sich über die Tresen. Kaum hatten sie sich dort verbarrikadiert, ließen sie die Kugeln wieder fliegen. Walter lief auf die Schalter zu. Währenddessen schwang er die lilafarbene Klinge und leitete so viele Kugeln zurück, wie er konnte. Als er fünf Meter von dem Tresen entfernt war, deaktivierte Walter die Waffe und befestigte sie an seinem Gürtel. Mehrere Schüsse prallten von der Rüstung des Superhelden ab. Air Soldier hechtete über den Tresen. Er verpasste dem Schurken, der ihm am nächsten war, einen linken Haken. Der Mann ging bewusstlos zu Boden. Er eilte zum Nächsten und schaltete ihn mit einem rechten Haken aus. Er sank regungslos zu Boden. Gegen drei musste Walter noch antreten. Die, die noch übrig waren, ballerten Walter ihre Patronen wie Verrückte entgegen. Walter entschied sich, den Schild wieder als Verteidigung zu benutzen. Der lilafarbene Schutzschild materialisierte sich. Die Kugeln prasselten auf Air Soldier ein. Er stürmte nach vorne. Dem ersten Angreifer zog er den Schild über den Schädel. Dem Nächsten verpasste er einen rechten Haken. Als er den letzten Kumpanen des Schurken mit einem Schlag ausgeschaltet hatte, deaktivierte er die Waffe. Er drückte auf die Scheibe. Walter lud sich diesmal das Programm für eine Remington XP100 herunter. Er gab zwei Schüsse ab. Dem Jolly Joker wurde das Gewehr, das er gerade auf die Angestellten der Bank gerichtet hatte, aus der Hand gerissen. Die Schusswaffe fiel einen Meter vor dem Besitzer auf den Boden. Der Jolly Joker wollte sich gerade darauf stürzen, als der zweite Schuss die Waffe traf und sie noch einen Meter weiterschob. „Das war nicht sehr nett von dir, aber ich mache dir trotzdem ein Geschenk. Hahaha!" Der Schurke warf ihm ein Päckchen entgegen. Während das Geschenk flog, öffnete es sich. Walter konnte noch nicht erkennen, was sich in dem Paket befand, bis es direkt vor seinen Füßen landete. Es war eine Bombe darin. Als der Superheld diese sah, lief ihm der Angstschweiß über die Stirn. Aber es war zu spät, um wegzuhechten, denn die Zündschnur war schon fast durchgebrannt. Walter wollte gerade wegspringen, doch in diesem Moment zündete die Bombe. Bumm! Air Soldier wurde von den Füßen gerissen und gegen eine Wand geworfen. Seine Ohren klingelten. Er stöhnte und rappelte sich mit größter Mühe auf. Er hörte, wie seine Rippen knacksten. „Bye, mein Freund." Der Jolly Joker stürzte mit einem Grinsen aus der Tür der Bank. Air Soldier folgte ihm.

Draußen angekommen, drückte er auf den Knopf, der die Flügel ausfahren ließ. Die Joysticks kamen hervor und Walter erhob sich in die Lüfte. Jolly war nach links abgebogen. Walter verfolgte den Bösewicht. Die Verfolgungsjagd war knifflig und langwierig, da der Jolly Joker immer wieder in der Menschenmenge untertauchen konnte. Trotz alledem konnte Walter den Schurken dank einer Falle schnappen. Diese List war folgendermaßen ausgelegt. Walter wusste, dass der Schurke in den U-Bahn-Tunnel flüchten wollte, denn das war in dieser Gegend der einzig logische Fluchtweg. Deswegen flog er unbemerkt vor und wartete vor dem Eingang zum Tunnel. Dort drückte er auf beide Scheiben. Zwei Remington XP100 materialisierten sich. Er wartete, bis der Jolly Joker gerade in Sichtweite war, bevor er jeweils einen Schuss mit einer Pistole abgab. Der Ganove schrie auf und brach zusammen. „Du dreckiger Hund! Du hast meine Beine durchschossen!", schrie der Jolly Joker und brach in schallendes und hysterisches Gelächter aus. Walter schnappte ihn am Arm und flog mit dem Schurken zur Bank zurück. Dort verschnürte er die Verbrecher und verband den verletzten Anführer der Gruppe, um die Blutung zu stillen. Danach rief er Captain Bond an.

„Captain Arnold Bond", schnauzte eine raue Stimme durchs Telefon.

„Ja, Captain. Hier spricht Air Soldier. Ich wollte Ihnen nur sagen, dass Sie, wenn Sie zur Central Bank fahren, den Jolly Joker und vier seiner Komplizen zusammengeschnürt auffinden werden."

„Woher weiß ich, dass Sie kein Irrer sind, der sich aufplustern will?"

„Ich gebe Ihnen einen Beweis."

„Ich will nicht mit ihm reden! Hahaha", murrte der Jolly Joker in das Telefon.

„Donnerwetter, er ist es wirklich. Warten Sie, ich bin gleich bei Ihnen", bat der plötzlich gutgelaunte Captain.

Air Soldier wartete. Die ersten Polizeiwagen trafen bereits fünf Minuten darauf ein. Captain Arnold Bond war der Erste, der das Gebäude betrat. Er hatte kaum geparkt, da war er schon aus dem Auto und in die Bank gestürzt.

„Tatsächlich, da sitzt er. Vielen Dank, dass Sie ihn aufgehalten und das Leben der Sicherheits- und Bankangestellten gerettet haben. Nur eines noch, woher wussten Sie, dass der Jolly Joker hier zuschlagen würde?"

„Das war eigentlich ganz einfach. Das System, nach dem die Banken überfallen worden waren, ist ganz simpel. Die Letzte war die Leclerc Bank und die davor war die Royal Bank. Der letzte Buchstabe ist ein C. Die am logischsten erscheinende Bank war also die Central Bank of Brooklyn."

„Wenn Sie das sagen, klingt das echt einfach."

„Ich sagte doch, es ist simpel. Auf Wiedersehen, Captain."

Mit diesen Worten verließ Air Soldier die Bank und schwang sich in die Lüfte. Der Flug nach Hause nahm zehn Minuten in Anspruch. Als er vor der Höhle landete, drückte er den Knopf, der das Tor öffnete und trat ein. Er behandelte seine Wunden und ging dann wieder ins Haus.

Dort richtete Walter gerade ein Kinderzimmer ein. Er freute sich schon auf seinen kleinen Sohn. Bald war es so weit. Walter würde zum zweiten Mal Vater werden. Das Zimmer war blau angestrichen. Walter baute gerade ein Babybett zusammen. Er ärgerte sich dabei, da die Anleitung nicht gerade ausführlich war.

DER NACHWUCHS

Walter hatte am Abend zuvor seinen 37. Geburtstag gefeiert. Sie waren erst spät zu Bett gegangen. Aber um 1 Uhr wurde Walter von seiner Frau geweckt. „Schatz, meine Fruchtblase ist geplatzt", sagte sie. Der Wissenschaftler begriff im ersten Moment nicht ganz, da er noch halb am Schlafen war. Doch nachdem er kurz nachgedacht hatte, lief er zu Hasis Zimmer. Er klopfte an.

„Ja? Wer stört meinen Schönheitsschlaf so früh am Morgen?"

„Ich bin's, Walter. Es ist so weit! Könntest du bitte auf Martha aufpassen? Ich fahre mit Claire ins Krankenhaus."

Hasi war auf einmal hellwach. Er war aus seinem Bett gehüpft und hatte die Tür aufgerissen. Er stand in seinem Pyjama vor ihm.

„Echt? Ich werde Onkel!"

„Ja, aber jetzt muss ich echt los, sonst bringt mich Claire noch um."

Walter rannte in sein Zimmer zurück, zog sich blitzschnell an und schnappte die bereits gepackte Tasche für Claire. Danach rannte er in die Garage und setzte sich in seinen weißen Ford Cortina. Er hielt vor der Haustüre und half Claire einzusteigen. Walter fuhr die Höchstgeschwindigkeit und sogar 5 Meilen pro Stunde schneller, als er durfte.

Walter parkte vor dem New York General. Er stützte seine Frau und brachte sie sicher in das Krankenhaus. Walter war die ganze Geburt über an Claires Seite. Er hielt ihre Hand. Die Geburt dauerte vier Stunden. Als das Ereignis zu Ende war, kam eine Krankenschwester mit Walters in eine Decke eingewickelten Sohn zu ihm. Er war das süßeste Lebewesen, das Walter je gesehen hatte. „Hallo Alfred, wie geht es dir?" An diesem Tag war Walter der glücklichste Mensch auf der Welt. Claire und Alfred sollten noch zwei Tage lang auf der

Geburtsstation bleiben. Er entschied sich dafür nach Hause zu fahren, um seiner Frau noch etwas Ruhe zu gönnen.

Mittlerweile war die Sonne aufgegangen. Als der erneut Vater gewordene Mann die Tür zu seiner Villa aufsperrte, war er zwar immer noch aufgeregt, aber auch erschöpft. Der Wissenschaftler wanderte ohne Umwege in sein Schlafzimmer und legte sich noch angezogen schlafen. Um circa 14 Uhr wachte er wieder auf.

Walter ging ins Wohnzimmer, wo Martha mit Hasi UNO spielte. Er wartete, bis die beiden diese Runde zu Ende gespielt hatten, und fragte dann, ob er mitspielen dürfe. Seine Tochter überlegte kurz.

„Wenn du nicht schummelst."

„Ich schummele nicht, das bist du."

„Das stimmt."

Sie lächelte. Die drei spielten bis 18 Uhr weiter und gingen dann ins Esszimmer. Die Köchin Charlene zauberte ein leckeres Abendessen und John der Butler servierte dieses. Nach dem Abendessen ging Walter in sein Arbeitszimmer. Er sperrte die Tür zu und öffnete das Geheimfach. Walter drückte auf einen Knopf auf seiner Fernbedienung. Der Apparat, mit dem er seine Handfläche scannte, fuhr aus der Wand. Er legte seine Hand drauf, wartete, bis der Scanvorgang beendet war, und sprach dann in das Mikrofon: „Walter Richard Tech." Das Bücherregal fuhr zur Seite. Der Superheld betrat den Gang und schloss die Eisentür auf. Er hatte in der Zwischenzeit ein neues Projekt gestartet. Er begann, Fortbewegungsmittel zu bauen, damit er sich schneller durch die Stadt bewegen konnte. Walter hatte sich schon ein BSA A75 Rocket Motorrad aufgemotzt. Er hatte einen Turboantrieb, zwei Maschinengewehre, die auf Knopfdruck aus den Scheinwerfern fahren konnten, und viele andere Funktionen eingebaut. Das nächste Projekt sollte ein selbstgebauter Wagen werden. Aber gerade als Walter beginnen wollte, wurde eine

Schießerei im Stadtzentrum im Polizeifunk gemeldet. Walter sprang auf, lief zum Schaukasten und zog seine Rüstung an. Er öffnete das Tor mit einem Knopfdruck und schwang sich auf sein Bike. Er betätigte Gas und Bremse gleichzeitig. Die Reifen drehten durch. Nach ein paar Sekunden ließ er die Bremse los und raste davon.

Er fuhr direkt durch die Schießerei. Walter drückte auf einen Knopf am Lenker. Zwei Maschinengewehre fuhren aus den Scheinwerfern und begannen zu feuern. Als Air Soldier wieder außerhalb des Kampfes war, ließ er die Gewehre wieder einfahren und parkte das Motorrad in sicherer Entfernung abseits vom Geschehen. Er stieg ab und rannte in Richtung des Kampfes. Während er lief, lud er ein neues Programm in die Scheiben. Er drückte auf die linke der beiden und eine Schrotflinte erschien. Er zog am Schlitten, um sie zu laden. Der erste Verbrecher kam um die Ecke. Walter hatte sich mittlerweile auf der Straße einen Namen gemacht. Der Ganove erschrak. Er richtete sein Gewehr auf den Superhelden. Der als „Jonny der Junker" bekannte Mann wollte schießen. Doch Walter war schneller. Er schoss. Der Ganove schrie auf und wurde nach hinten gerissen. Air Soldier wagte sich weiter in den Kampf. Er schlich gerade um ein Auto herum, da stürmte ein in einen schwarzen Anzug gekleideter Mann auf ihn zu. Er hatte ein Trommelgewehr in der Hand. Der Mann begann zu feuern. Walter wich den Kugeln gekonnt aus. Der Superheld kam immer näher an seinen Gegner heran. Als er nahe genug war, schlug er dem Mann das Ende des Griffes seiner Waffe ins Gesicht. Das Blut lief ihm aus der Nase. Bevor der Mann das realisiert hatte, nahm ihn Walter bei der Schulter und schoss ihm eine Ladung Blei in den Bauch. Der Gauner flog zurück. Die Flugbahn war nicht gerade, weil Walter den Angeschossenen an der Schulter genommen hatte. Der Mann wurde mit dem Gesicht zu Boden geworfen und blieb leblos liegen. Air Soldier ging weiter. Nach einer Weile kam er zu einem Streifenwagen. Zwei Polizisten verbarrikadierten sich dahinter. Sie waren beide noch sehr jung. Die Beamten wirkten verzweifelt, da sie von einer Gruppe vermummter Männer beschossen wurden. Walter lud das Programm für eine Thompson 1928 herunter. Er richtete sie auf die Vermummten. Der Superheld begann zu feuern. Einer der beiden eingekesselten Polizisten stieß seinen Partner an und rief: „Siehst du das auch? Es ist Air Soldier! Er kommt uns zur Hilfe!"

Die Gruppe der Verbrecher bestand aus sieben Männern. Walter schaltete zu Beginn zwei von ihnen aus. Der Rest der Gruppe verbarrikadierte sich hinter geparkten Autos. Walter wechselte wieder zu einer Schrotflinte. Er schlich langsam um die Automobile. Es dauerte nicht lange, bis er den Ersten fand. Dieser wollte den Superhelden erschießen. Doch Air Soldier war schneller. Er schoss und der Schurke wurde gegen den Wagen geworfen. Walter vergewisserte sich, ob der Angeschossene am Leben war. Er lebte noch. Air Soldier lud die Schrotflinte erneut und ging weiter. Wenige Sekunden später, fiel ihn ein Ganove von hinten an. Air Soldier hatte Mühe, ihn wieder loszukriegen, da der Mann versuchte ihn zu würgen. Walter nahm den Arm des Angreifers und warf den kompletten Menschen über seine Schulter. Danach schoss er blitzschnell und der Mann blieb blutend am Boden liegen. Als Nächstes feuerte er auf zwei Angreifer, die sich in einer Gasse versteckt hatten. Air Soldier gab einen Schuss ab. Beide wurden niedergeschmettert. Walter betrat die Gasse. Er atmete einmal tief ein und wieder aus. Der Superheld kniete sich hin und untersuchte die am Boden Liegenden. Der Erste war zwar verletzt, aber am Leben. Als Walter den Zweiten untersuchen wollte, sprang dieser auf und attackierte ihn. Walter drückte auf die Scheibe. Seine Schrotflinte dematerialisierte sich. Auf den Superhelden kam ein Faustschlag zu. Air Soldier wich gekonnt aus und schlug dem Mann mit der Faust ins Gesicht. Dieser taumelte kurz und holte erst mit dem einen und dann mit dem anderen Arm aus. Walter wurde getroffen. Er brauchte einige Sekunden, um sich wieder zu sammeln. Air Soldier ließ Schläge auf den Angreifer hageln, bis dieser bewusstlos zu Boden sank. Walter nahm sich zwei Minuten, um seinen

Verstand wieder zu schärfen. Der Superheld wollte gerade weitersuchen, als er Schreie hörte. „Hilfe! Kann mir denn keiner helfen?" Walter schlich bis zum Ende der Gasse. Dort schaute er sich um und sah, dass ein Mann mit einer jungen Frau auf der Straße stand. Er richtete eine Pistole auf sie. Die Dame war seine Geisel. Walter lud ein neues Programm in die Scheiben. Er drückte drauf und zwei Walther PPKs materialisierten sich. Air Soldier zog an den Schlitten der Waffen. Er sprang heraus und gab zwei Schüsse ab. Der Erste durchschlug die Waffe und der Zweite die Hand des Geiselnehmers. Die Frau nutzte das Überraschungsmoment und riss sich los. Sie lief davon. Walter drückte auf den Knopf, der das Jetpack ausfahren ließ und flog mit hoher Geschwindigkeit auf den verletzten Geiselnehmer zu. Er streckte seinen linken Arm aus und ballte seine Hand zur Faust. Air Soldier bremste nicht ab, sondern rammte seine Faust in das Gesicht des Mannes. Er konnte den Kiefer des Mannes knacken hören. Als Walter an dem Ganoven vorbeigeflogen war, ließ er die Flügel wieder einfahren. Er landete geschmeidig auf seinen Füßen. Der Mann lag auf dem Boden und brabbelte irgendetwas vor sich hin. Walter verstand nur: „Dreckskerl…gebrochen…Unterkiefer…!" Walter schnappte sich den wimmernden Verbrecher, erhob sich wieder in die Lüfte und flog zu den anderen Ganoven. Er setzte ihn ab und schleifte ihn zu den restlichen Verbrechern. Mit einem Schlag schickte er den Mann in das Land der Träume.

Walter erhob sich wieder in die Lüfte und patrouillierte über der Innenstadt. Diesmal erblickte er noch einen Verbrecher. Der Übeltäter lief durch das Zentrum der Stadt und feuerte Kugeln in die Luft. Air Soldier ging sofort in den Sturzflug über. Er ergriff den Bösewicht an der Anzugjacke und nahm ihn mit in die Höhe. Der Ganove begann zu schreien. Nachdem er ihn bewusstlos geschlagen hatte, legte er ihn zu den anderen Eingefangenen.

Danach landete Walter neben seinem Motorrad und fuhr wieder nach Hause. Er drückte auf den Knopf und das Tor öffnete sich. Er parkte sein Bike am dafür vorgesehenen Platz. Danach schlüpfte er aus seinem Anzug und schraubte noch etwas am Soldier Mobil weiter. Er war gerade damit beschäftigt, Modifikationen am Fahrwerk zu befestigen.

Am 15. Juni fuhr Walter zum Krankenhaus, wo er Alfred und Claire abholte. Zu Hause legte er seinen kleinen Sohn in das Bett, das er für ihn zusammengebaut hatte. Dieses steht jetzt im Schlafzimmer der Eheleute Tech. Die nächsten Nächte waren für Walter und Claire nicht besonders erholsam, da Alfred die ganze Zeit über schrie.

Fünf Monate später wurde Alfred William Tech getauft. Hasi wurde zum Patenonkel gemacht. Er freute sich sehr darüber.

DAS SCHNELLSTE AUTO DER WELT

Walter konnte bis zum ersten Geburtstag seines Sohnes nicht an seinem Soldier Mobil weiterarbeiten. Er musste sich zwischen der Verbrechensbekämpfung und der Arbeit am Auto entscheiden, um seine Familie nicht zu vernachlässigen.

Danach verbrachte er seine ganze Zeit in seinem Hauptquartier. Walter schraubte am Auto herum und begann nun wieder mit den Modifikationen. Air Soldier befestigte einen zusätzlichen Tank am Grundgerüst des Wagens, um eine Vorrichtung für einen Ölteppich zu integrieren. Er kaufte einen Ferrari Dino 206 GT-Baujahr 1967 und baute den Antrieb aus. Walter setzte den Motor in sein Auto ein. Zwei Flaschen voller Lachgas baute er direkt neben den Antrieb und verlegte dann einen Schlauch vom Gasbehälter zum Motor. Anschließend ging er in das Labor, das er auch in seiner Höhle hatte. Nach langem Tüfteln und Experimentieren, entwickelte Walter einen speziellen Lack, der es einem Fahrzeug ermöglichte, kugelsicher zu werden. Aber dieser Zustand hielt immer nur für vierundzwanzig Stunden.

Als Nächstes kaufte er einen neuen Aston Martin Db5 und trennte die Karosserie vom Rest des Wagens. Er montierte den Wagenaufbau auf das Grundgerüst. Die Echtledersitze und das Lenkrad baute Walter ebenso in das neue Auto ein. Der Wagen war schon fahrtauglich, aber die letzten Feinschliffe fehlten noch. Walter schraubte die Frontscheinwerfer herunter und baute das Innenleben aus. Als dies vollbracht war, verließ er sein Hauptquartier, ging durch sein Arbeitszimmer und schritt aus seiner Villa. Bevor er aus der Vordertür trat, nahm er sich noch seinen Mantel, seinen Hut und den Autoschlüssel für seinen privaten Aston Martin Db5.

Walter ging zu seiner Garage, stieg in sein Auto und fuhr zum nächsten Waffenladen. Dort kaufte er zwei Gatling Guns. Hinzukommend leistete er sich auch noch eine Million Kugeln. Diese verstaute er in seinem Kofferraum und brauste wieder nach Hause.

Er fuhr zum Eingang der Höhle, blieb dort stehen und stieg aus. Walter klappte einen Stein nach oben und drückte auf den Knopf, der sich darunter befand. Ein Mikrofon wurde ausgefahren. „Walter Richard Tech", sagte der Wissenschaftler. Einen Moment später wurde ein Scanner sichtbar. Mit diesem scannte er seine linke Handfläche. Das Tor öffnete sich. Walter stieg wieder in seinen Wagen ein. Er lenkte das Auto eine schmale, lange Auffahrt entlang und parkte es in der Nähe seiner Werkstätte.

Dort stieg er erneut aus und nahm die beiden Gatlin Guns, sowie die Patronen aus dem Kofferraum heraus. Er legte sie auf seinen Tisch und fuhr dann mit seinem Wagen davon. Das Tor schloss sich, nachdem Walter die Höhle verlassen hatte. Der Aston Martin Db5 wurde von dem Wissenschaftler wieder in Richtung der Garage gelenkt. Walter parkte den Wagen neben seinen anderen Sportwagen. Mittlerweile zeigte die Uhr 17:45 Uhr an. Er machte für diesen Tag Feierabend und aß mit seiner Frau, seiner Tochter, seinem Sohn und seinem besten Freund zu Abend. Es war Filmabend. Walter, Claire, Martha und Hasi sahen sich einen Film an namens „Spiel mir das Lied vom Tod", Marthas Lieblingsfilm. Alfred schlief derweil im Schlafzimmer der Eheleute Tech.

Walter brannte bereits darauf, sein neues Auto zu testen, und wollte das direkt am nächsten Morgen nach dem Frühstück machen.

Doch bevor er das tun konnte, fragte Claire ihn: „Was machst du denn immer in diesem Zimmer? Du verschwindest jeden Tag in deinem Arbeitszimmer und verweilst dort für Stunden."

„Ich mache die Buchhaltung und entwerfe neue Pläne für Erfindungen."

Claire sagte, noch immer nicht überzeugt: „Wie du meinst."

Danach betrat Walter wieder sein Arbeitszimmer. Er durchlief die Prozedur, um in seine Höhle zu kommen, und eilte zum Schaukasten, wo sich sein Anzug befand. Walter zog seine Rüstung an und drückte auf beide Scheiben. Er spannte die Hähne der beiden Mauser-Pistolen, die erschienen waren. Air Soldier legte an und schoss auf den Wagen. Die Schüsse prallten ab. Walter schoss die Magazine leer und holte dann eine Airbrush-Pistole, um den Lack neu auftragen zu können. Als der Wissenschaftler fertig war, stieg er in seinen Wagen und fuhr zur Zapfsäule, die er in seine Höhle eingebaut hatte. Dort stieg er wieder aus und tankte sein Auto mit einem von ihm entwickelten Sprit, der es dem Fahrzeug ermöglichte, sehr schnell zu fahren. Walter setzte sich wieder auf den Fahrersitz und fuhr zum Tor seiner Höhle. Dort drückte er auf den Knopf seiner Rüstung. Das Tor öffnete sich quietschend. Walter trat auf das Gaspedal und ließ die Kupplung schnalzen, damit die Räder durchdrehten. Air Soldier raste mit quietschenden Reifen aus der Höhle.

Er fuhr den schmalen Felsgrad entlang, der Richtung Stadt führte. Air Soldier lenkte den Wagen auf eine abgelegene Landstraße. Dort brachte er das Fahrzeug mit einer Vollbremsung zum Stehen. Danach legte er einen passenden Gang ein und ließ die Reifen durchdrehen. Walter drückte das Gaspedal bis zum Boden durch. Das verbesserte Tachometer schoss auf 600 Meilen pro Stunde hinauf und er wurde regelrecht in seinen Sitz gedrückt. Er fuhr ein paar Meilen, bevor er bremste und kurz stehenblieb. Air Soldier atmete kurz ein, stellte den Polizeifunk an und fuhr dann wieder weiter. Eine Gruppe bewaffneter und gefährlicher Flüchtiger wurde gemeldet, und das ganz in der Nähe von seinem Aufenthaltsort. Sie wurden auf einem Boot am Hudson River gesichtet. Er freute sich kurz, riss das Steuer herum und raste den Fluss entlang.

Die nächste Hubbrücke, die gerade geöffnet wurde, nutzte er als Rampe, beschleunigte und der Wagen hob ab. Während dieser Schwerelosigkeit drückte Walter auf einen Knopf neben dem Schaltknüppel. Das Lenkrad wurde eingefahren und von einem Steuerknüppel ersetzt. Unter der Karosserie fuhren zwei Flügel heraus. Die Räder wurden eingeklappt. Zwei Triebwerke wurden unterhalb des Kofferraums ausgefahren. Plötzlich schossen riesige Stichflammen aus dem Antrieb. Walter flog mit seinem Wagen den Fluss entlang.

Nach einer kurzen Suche, traf er bereits auf das Boot voller bewaffneter Verbrecher. Walter drückte auf den Knopf, der dem Schaltknüppel am nächsten war. Die beiden Frontscheinwerfer fuhren nach oben. Zwei Gatlin Guns wurden sichtbar. Die Läufe begannen herumzuwirbeln. Schüsse krachten durch die Luft. Kugeln durchschlugen die Wasseroberfläche und den Rumpf des Bootes. Die Ganoven stürzten von Bord. Walter drückte zuerst den Knopf, der sein Auto in ein Flugzeug verwandeln sollte, und der Flieger wurde wieder zu einem Wagen. Einen Augenblick später drückte er auf einen anderen Knopf. Die Reifen klappten zur Seite. Der Antrieb, der im Kofferraum verborgen war, kam wieder zum Vorschein. Die Türen wurden luftdicht verschlossen. Das Soldier Mobil wurde so zu einem Boot und landete mit voller Wucht im Hudson River. Walter lenkte es in die Richtung der um Atem ringenden Männer und drückte dort auf einen Knopf, woraufhin ein Greifarm ausgefahren wurde. Dieser Arm wurde mithilfe eines Joysticks gesteuert. Die Gangster, die Walter gefangen hatte, steckte er in seinen Kofferraum. Diesen hatte der Wissenschaftler umfunktioniert, sodass er viel geräumiger war. Die fünf Männer hatten mehr als genug Platz. Walter ließ den Greifarm wieder einfahren und lenkte das Boot zum Ufer. Dort drückte er wieder auf einen Knopf und das Boot wurde zu einem Wagen. Walter trat auf das Gaspedal und fuhr in die Stadt.

Er bremste vor dem Polizeipräsidium. Dort stieg Walter aus und ging zum Informationstisch, wo er nach Jason Kennedy fragte. Der Polizist, der am Sergeant Desk gesessen hatte, stand auf und machte sich auf die Suche nach dem Detective. Wenige Minuten später kam Jason Kennedy.

„Guten Morgen, Air Soldier. Was kann ich für Sie tun?"

„Danke, Ihnen auch einen guten Morgen. Ich habe Ihnen etwas mitgebracht."

„Okay, was denn?", fragte der Detective stirnrunzelnd.

„Es ist in meinem Auto. Kommen Sie mit, ich zeige es Ihnen."

„Meine Mama hat immer gesagt, ich darf nicht zu fremden Männern ins Auto steigen!", witzelte der Detective vor sich hin.

Air Soldier führte den Polizisten zu seinem Wagen. Dort sperrte er den Kofferraum auf.

„Könnten Sie mir kurz helfen?"

„Okaaaaay?", sagte der Detective verdutzt.

Die beiden hievten die verschnürten Männer aus dem Stauraum.

Detective Kennedy fragte: „Sind das nicht ...?"

„Ja", fiel ihm Walter ins Wort.

„Ich frage gar nicht, wie die in Ihren Kofferraum gekommen sind. Vielen Dank, diese Herren haben wir schon lange gesucht."

„Das ist mein Job!"

Mit diesen Worten sprang Walter wieder auf den Fahrersitz und raste davon.

Walter patrouillierte langsam durch die Stadt. Als er vor der Bank of America ankam, hörte er Schüsse. Er drückte einen Knopf und der Autopilot schaltete sich ein. Anschließend betätigte Air Soldier einen weiteren. Das Dach wurde nach hinten gefahren und Walter wurde mitsamt Fahrersitz aus dem Wagen geschleudert. Er öffnete seinen Gurt und aktivierte sein Jetpack. Air Soldier stieß sich vom Sitz ab und flog durch das Tor der Bank hindurch.

Dort erblickte er einen Schopf leuchtend grüner Haare. Es war der Jolly Joker. Walter war verwundert ihn hier zu sehen. Sollte er nicht hinter Gittern sitzen? Neben ihm stand ein kleinwüchsiger Mann, der schwarze Stiefel, die bis zu seinen Knien gingen, eine weiße Hose, ein ebenso weißes Jackett, ein blaues Oberteil, einen grauen Mantel und einen blauen Hut trug. Der Unbekannte erinnerte Walter an Napoleon Bonaparte. Er hatte einen Säbel und eine Pistole, die aussah, als wäre sie aus der Zeit der Französischen Revolution.

Als der kleine Mann bemerkte, dass Walter hinter ihm stand, drehte er sich um und sagte: „Rends-toi ou je tire!"

Walter hatte kein Wort verstanden. Er wusste aber, dass der Mann französisch sprach. Er hatte diese Sprache zwar in der Schule gelernt, erinnerte sich aber nur mehr an wenige Wörter.

Er drückte einen Knopf an der Seite seines Helmes und sagte: „Französisch"

Anschließend fragte Air Soldier: „Können Sie das bitte wiederholen?"

Einen Augenblick später hörte er seine eigene Stimme „Pouvez-vous s'il vous plaît répéter ceci?" sagen.

„Rends-toi ou je tire!", wiederholte der Franzose.

Nun hörte Walter die Stimme des Mannes englisch reden: „Ergeben Sie sich oder ich schieße!"

„Malheureusement, je ne peux pas le faire!" Das heißt übersetzt: „Das kann ich leider nicht tun!"

„Ensuite, il va falloir que je tire!" Das heißt: „Dann werde ich schießen müssen!"

Mit diesen Worten richtete er seine Pistole auf Walter. Der seltsame Mann betätigte den Abzug. Walter wurde an der Schulter getroffen. Seine linke Schulter wurde leicht nach hinten gerissen. Dem Franzosen klappte der Unterkiefer nach unten.

Er fragte auf Französisch: „Sind Sie ein Hexer? Wie haben Sie das gemacht?"

Langsam beschlich Walter das Gefühl, dass der echte Napoleon vor ihm stand. Im Gesicht des seltsamen Mannes konnte man sehen, dass sich die Angst in ihm breitmachte. Der Herr in der Offiziersuniform wollte schnell nachladen. Doch Walter war schneller, er drückte auf die Scheibe und eine Mauser M712 materialisierte sich. Der Mann wollte auf Walter schießen, doch Air Soldier schoss ein Loch in die Waffe seines Widersachers.

„Wer sind Sie?"

„Ich bin Kaiser Napoleon der Erste", sagte der Mann mit einer bedrohlichen Stimme, während er seinen Säbel zog und zum Angriff ausholte.

Er stürmte auf Walter zu und wollte mit seinem Schwert auf ihn einschlagen. Air Soldier bückte sich unter der Waffe hindurch. Als der Kaiser noch mit dem Rücken zum Superhelden stand, holte Walter mit seiner linken Faust aus. Er erwischte den Franzosen gerade, als der sich umdrehte. Walter schlug mit aller Kraft zu. Der vermeintliche Kaiser sank bewusstlos in sich zusammen. Jetzt konnte sich Walter dem anderen Schurken zuwenden. Der Jolly Joker hatte sich inzwischen auch umgedreht. „Ach, du bist es! Wir haben noch ein Hühnchen zu rupfen!" Er steckte seine Pistole weg. Doch als er seine rechte Hand wieder erhob, hatte er einen Stapel Spielkarten in der Hand. Jolly nahm drei in die linke Hand. Er holte aus und warf sie Air Soldier entgegen. Dieser versuchte so gut wie möglich, den Karten auszuweichen. Doch die letzte traf den Superhelden. Die Rasierklingenkarte blieb zwar in Walters Rüstung stecken, verletzte ihn aber leicht. Er aktivierte seine IMW und ein Schwert, das aussah wie Excalibur, materialisierte sich.

„Wie kommen Sie hierher? Sie sollten doch im Gefängnis sitzen!"

„Ich bin natürlich ausgebrochen! Liegt doch auf der Hand, nicht?"

Jolly nahm diesmal zehn Karten und warf sie erneut. Walter sprang, schwang die mächtige Waffe und zerteilte eine Karte nach der anderen. Nun nahm der Schurke den restlichen Stapel und pfefferte ihn in Richtung des Superhelden. Walter drückte auf eine Scheibe und eine Mauser erschien. Er schoss auf die Rasierklingenkarten. Währenddessen ließ er das Schwert durch die Luft sausen. Er konnte zwar viele der Wurfgeschosse zerschießen und zerschneiden, doch fünf trafen ihr Ziel. Auch wenn die Karten nur zu kleinen Teilen durch die komplette Rüstung gekommen waren, verletzten sie Walter. Die Schnitte waren sehr fein und brannten sofort fürchterlich. Doch Air Soldier kämpfte weiter. Er betätigte die Scheibe, woraufhin die Mauser verschwand. Er hielt Excalibur nun auch mit der rechten Hand. Jolly griff unter sein lilafarbenes Sakko. Als seine Hände wieder zum Vorschein kamen, hatte er zwei Glock Feldmesser in der Hand. Walter holte zum Schlag aus und stürmte auf den Schurken zu. Der Jolly Joker wartete, bis Air Soldier in seiner Näher war, sprang zur Seite und als dieser an ihm vorbeigelaufen war, stach er mit seinen Messern mehrere Male zu. Er rammte die Feldmesser in die Rüstung und bemerkte, dass er immer tiefer in das Material vordrang. Walter drehte sich um und hieb verzweifelt in die Richtung seines Gegners. Er spürte immer mehr den Schmerz, den die Rasierklingenkarten hinterlassen hatten. Walter dehydrierte langsam in dieser Rüstung. Es war heiß im Inneren des Anzuges, so heiß wie in einem Backofen. Er wollte nur noch nach Hause, er konnte aber noch nicht gehen, denn er musste den Überfall verhindern. Er wollte gerade den Jolly Joker angreifen, als ein Mann aus dem Tresor kam, er sagte mit einem französischen Akzent: „Boss? Welche Scheine, sagten Sie, sind markiert?" Als der Mann bemerkte, dass Walter anwesend war, griff er in eine Tasche, die an seinem Gürtel befestigt war und holte sieben Kugeln heraus. Diese warf er vor Air Soldiers Füße. Jolly sprang davon. Walter versuchte, sich in Sicherheit zu bringen, doch er war zu langsam. Die kleinen Kugeln waren Bomben. Als diese explodierten, war der Superheld in unmittelbarer Nähe. Er wurde fünf Meter weit geschleudert. Er wäre weitergeflogen, wenn er nicht gegen die Wand geprallt wäre. Air Soldier war jetzt schwerverletzt. Er konnte sich gerade noch aufrichten. Walter drückte auf den Knopf, der das Jetpack erscheinen ließ und flog davon. Der Flug war wackelig. Ein paar Mal wäre Air Soldier fast abgestürzt. Doch er schaffte es nach Hause. Walter landete nicht wie gewöhnlich in seiner Höhle, sondern flog direkt durch das Dach in sein Wohnzimmer.

Claire sah sich gerade eine Kochsendung an. Walter landete neben dem Sofa. Als der Superheld am Boden aufschlug, gaben seine Beine unter ihm nach. Zu seinem Glück fiel er auf seinen Rücken, denn sonst wären die Rasiermesserkarten weiter in seinen Körper eingedrungen. Claire sprang auf und schrie wie am Spieß. Walter schaffte es gerade noch, sich den Helm vom Kopf zu reißen und nach seiner Frau zu rufen.

„Claire, ich bin's, Walter!"

„Walter? Was ist mit dir passiert? Du bist Air Soldier?"

„Ja, ich bin Air Soldier. Bitte, wir können später darüber reden, jetzt, hilf mir bitte!"

„Was kann ich tun?"

„Hol dir schnittfeste Handschuhe, Scotch und Verbandsmaterial und komm dann wieder."

Das tat sie. Claire kam nach wenigen Minuten wieder mit den Handschuhen. Sie gab ihm den Scotch. Er nahm einen großen Schluck. Danach gab er ihr die Flasche. Sie trank ein bisschen davon, um weniger zu zittern.

„Jetzt musst du eine Rasiermesserkarte nach der anderen aus mir herausziehen."

Sie scheute sich davor, aber nachdem sie einmal tief eingeatmet hatte, tat sie das, was Walter ihr angesagt hatte.

„Bereit? Bei drei ziehe ich die Karte heraus. Eins, zwei, drei!"

Sie zog die Karte vorsichtig heraus. Walter biss so stark auf seine Zähne, dass sie begannen zu knacken. Er war erleichtert, als Claire die sechste und letzte Karte herausgezogen hatte. Walter bat seine Frau, ihm aus der Rüstung zu helfen, da er seine Identität um jeden Preis geheim halten musste. Der Wissenschaftler musste sich alle Mühe geben, um wach zu bleiben. Danach holte sie Hasi, der Walter bis zu Claires Auto stützte und ihm half einzusteigen.

Kurz bevor sie am Krankenhausparkplatz angekommen waren, gingen Walter die Lichter aus. Wenige Augenblicke zuvor hörte er Claire sagen: „Walter? Bitte, bleib bei mir!"

Er wachte langsam auf. Seine Frau bemerkte das sofort und machte den Rest der Familie darauf aufmerksam.

Walter fragte benommen: „Wie lange war ich weg?"

„Du lagst zwei Monate im Koma, Walter", schluchzte Claire.

Martha trat näher und Walter nahm ihre Hand.

Sie sagte: „Wir hatten Angst um dich. Mum, Onkel Hasi und ich dachten, wir hätten dich für immer verloren."

Ihr schossen die Tränen in die Augen.

„Das hättet ihr euch so gedacht. So einfach werdet ihr mich nicht los", tröstete Walter seine Familie mit einem leichten Lächeln im Gesicht.

Sie unterhielten sich noch ein wenig, aber lange konnte Walter das nicht, weil er noch ziemlich erschöpft war. Ein paar Minuten nachdem seine Familie gegangen war, schlief Walter wieder ein.

Einen Tag später klopfte es an der Zimmertür von Walters Krankenhauszimmer.

„Herein?", fragte Walter.

Die Tür öffnete sich und John F. Kennedy trat ein.

„Walter, wie geht es dir? Ich bin gleich hergekommen, als ich gehört habe, dass du aufgewacht bist."

„Danke, das weiß ich zu schätzen, bei dem Stress, den du als Präsident hast. Mir geht es den Umständen entsprechend gut. Ich fühle mich nur noch ein wenig schwach."

„Es freut mich das zu hören."

„Es bedeutet mir viel, dass du gekommen bist, John."

„Für einen so guten Freund, wie du einer bist, tue ich das sehr gern."

Sie unterhielten sich noch für eine halbe Stunde, dann ging Kennedy und versprach ihm, er würde am nächsten Tag wiederkommen. Das tat er auch.

Walter verweilte noch zwei Monate in diesem Zimmer. Mit der Zeit hielt er sich immer weniger in seinem Bett auf. Er begann langsam wieder Sport zu treiben. Zuerst dehnte er sich nur jeden Tag und das eine Woche lang. Danach begann er Kniebeugen zu machen. Dieser Übung folgten Liegestütze und das Laufen von Runden im Garten des Krankenhauses. Als Walter nach Hause durfte, hatte er größere Muskeln als zuvor.

Claire holte ihren Gatten ab. Er konnte wieder fast normal gehen. Walter hinkte nur noch geringfügig, aber sonst war er kerngesund. Die Ärzte waren beeindruckt, denn eigentlich hätte der Heilungsprozess viel länger dauern sollen. Der Sport hatte seinem Körper geholfen, schneller zu heilen.

Als die Kinder im Bett waren und Walter mit Claire allein war, erzählte er ihr die Geschichte, wie er zu Air Soldier wurde.

DIE GRÜNDUNG DER
WAR BRIGADE

Walter kaufte sich ein eigenes Fitnessstudio. Dort richtete er sich einen Hindernisparcours ein. In diesem befanden sich Zielscheiben und viele, viele andere Hindernisse. Neben dem Parcours hatte er sich eine Hantelbank aufgestellt. Das Einzige, was Walter noch hinzufügte, waren Roboter, gegen die er Schwertkämpfe austragen konnte. Der Superheld fuhr jeden Tag zu seinem Studio und trainierte eine Stunde. Gleich nachdem er sein Training absolviert hatte, ging er wieder in seine Höhle, tüftelte an seiner Rüstung und entwickelte Gadgets.

Das ging immer so weiter bis zum 1. Juni 1971. Denn als er nach Hause kam, fand er einen an ihn adressierten, lilafarbenen Umschlag im Briefkasten. Er nahm diesen mit in sein Arbeitszimmer. Dort legte er ihn auf seinen Schreibtisch, während er sich scannen ließ. Als sein Bücherregal zur Seite fuhr, nahm er den Brief und ging in das Hauptquartier von Air Soldier. Dort setzte er sich in seinen Bürostuhl, nahm seinen Brieföffner und öffnete den Umschlag. Danach zog er ein Blatt Papier aus dem Kuvert. Als Walter den Brief bis zum Ende gelesen hatte, wurde er plötzlich aschfahl im Gesicht. Denn in diesem stand:

Lieber Walter,

oder sollte ich dich lieber Air Soldier nennen? Ja, ich habe dein Geheimnis gelüftet. Und nicht nur ich kenne deine geheime Identität, sondern alle meine Freunde, die der Liga der Schurken angehören, wissen das auch. Wenn ich du wäre, würde ich immer ein Auge auf die Tür gerichtet halten und auf deine Frau Claire, deine Tochter Martha und deinen Sohn Alfred auf-

passen. Ich weiß einfach alles über dich! Und ich werde mich für die Schmerzen, die du mir zugefügt hast, rächen.
Zum Schluss noch ein Rätsel. Wenn du das löst, weißt du, wo du mich am 1.6.1971 um 12 Uhr antreffen kannst.

Ich bin bunt und groß dazu. In mir können Leute stehen, Tiere gehen und Kinder verzaubert sein. Ich stehe einmal hier, einmal da, ist die Welt nicht wunderbar? Was bin ich?

Dein Jolly Joker

Walter hatte das Rätsel schnell gelöst. Als er sich absolut sicher war, dass die Antwort stimmte, sah er auf seine Armbanduhr. Sie zeigte 11:30 Uhr an. Der Superheld musste sich nun beeilen, wenn er pünktlich am Treffpunkt sein wollte. Er ging zu der Vitrine, in der sich sein Anzug befand und zog ihn an. Danach eilte Walter zu seinem versteckten Safe, der neben seinem Schießstand installiert worden war. In diesem befand sich ein Holzetui. Walter nahm es und schloss den Safe wieder zu. Er legte es auf den Tisch und öffnete es anschließend. Im Inneren der kleinen Holzbox befand sich ein goldener Freedom Arms Model 83. 500 WE Revolver. Daneben waren fünf goldene Kugeln aufgereiht. Er ließ die Trommel aus der Halterung fallen und begann die Patronen eine nach der anderen in die Kammern zu laden. Danach ließ Walter die Trommel mithilfe eines kleinen Schubses rotieren. Nachdem die Trommel wieder in die dafür vorgesehene Halterung eingerastet war, steckte er die Waffe in das Halfter, das er an seinem Gürtel befestigt hatte. Der Superheld lief zu seinem Motorrad und fuhr davon.

Air Soldier lenkte seine Maschine zum Zirkuszelt, das gerade im Central Park aufgebaut worden war. Er stellte das Motorrad einige Meter vom Zelt entfernt ab. Er stieg ab und ging vorsichtig in die Richtung des Zirkuszelts. Als Walter zehn Meter davon entfernt war, aktivierte er sein Jetpack und stieg in die Lüfte hinauf. Er flog über den Eingang des Zeltes, bevor er blitzschnell zum Sturzflug überging, da er zwei bewaffnete Männer erblickt hatte. Air Soldier schoss hinunter, nutzte das Überraschungsmoment und schlug die beiden mit einer schwungvollen Bewegung nieder. Danach zog er den Revolver und spannte den Hahn.

Walter trat vorsichtig ein. Der Superheld drückte auf eine kleine Druckplatte, die am linken Teil des Helmes integriert war. Damit schaltete er sein Nachtsichtgerät an. Air Soldier durchsuchte den Eingangsbereich. Keine Menschenseele war im Eingang. Durch einen Plastikvorhang betrat er den Zuschauerraum. Alle Lichter waren eingeschaltet.

Der Jolly Joker stand in der Mitte der Manege. Walter aktivierte sein Jetpack. Er landete direkt neben seinem Erzfeind. Dieser zuckte zusammen und ging einen Schritt zur Seite. Walter richtete seine Waffe auf den Schurken.

„Das Rätsel war zu einfach, Jolly."

„Nicht jeder ist so intelligent wie du, Walter."

„Wieso hast du mich herbestellt?"

„Ist das nicht offensichtlich? Du bist doch nicht so schlau, wie ich dachte. Ich möchte dir, rein aus purer Neugier, die Chance geben, deine Familie zu retten. Ich möchte sehen, zu was ein Mann imstande ist, wenn er am Verzweifeln ist."

„Was springt für dich raus?"

„Wie gesagt, es wird ein riesiger Spaß! Hahaha! Das läuft folgendermaßen ab, ich habe eine Versammlung aller Mitglieder der Liga der Schurken organisiert. Das Treffen wird am 1. Juli um 20 Uhr im Haus unseres Chefs, dem Mafiaboss Cäsar der Große, abgehalten. Er wohnt in ..."

„Ich weiß, wo er wohnt."

Die Tatsache, dass Cäsar ein Teil von dem Ganzen war, fühlte sich für Walter wie ein Schlag in die Magengrube an.

Walter überlegte kurz und fragte: „Und wie komme ich da rein?"

„Na, du gibst dich für mich aus."

„Woher weiß ich, dass du mich nicht hintergehst?"

„Das weißt du nicht! Das ist eben das Witzige. Aber sei dir sicher, wenn ich die Chance dazu bekomme, schlachte ich jeden, ausnahmslos jeden ab, den du liebst, und das auf brutalste Weise!"

Weiter konnte der Jolly Joker nicht mehr reden, denn Walter hatte nur die Vorstellung schon verrückt gemacht, dass er seiner Familie etwas antun könnte. Deswegen richtete er nun seinen Revolver auf den Schurken und drückte ab. Die Kugel durchbohrte die Stirn seines Erzfeindes. Der Jolly Joker war nicht mehr. Der Schurke taumelte. Blut rann aus seiner Nase. Er war, bevor er den Boden berührte, tot. Walter schrie vor Verzweiflung. Er sank auf seine Knie. Tränen liefen über seine Wangen. Air Soldier hatte gerade seine goldene Regel gebrochen. „Nicht töten!" Diese Tat veränderte Walter. Er war nicht mehr derselbe wie zuvor. Nach einer Viertelstunde hatte sich Walter wieder gefangen. Der Superheld richtete sich auf und steckte den Revolver wieder in sein Halfter. Walter warf sich die Leiche des Jolly Jokers über die Schulter, verließ das Zelt so unauffällig wie möglich und ging zu seinem Motorrad. Um nicht aufzufallen, mied er die Hauptstraßen und fuhr so schnell wie möglich zu seiner Höhle zurück.

Als er dort angekommen war, ging er in den Wald, der sich hinter seinem Anwesen befand und bestattete den Schurken neben einem Tümpel. Danach verließ er den Forst wieder und betrat seine Höhle, wo er seinen Helm abnahm. Walter setzte sich zu seinem Computer und dachte einfach nur nach.

Dann begann er mit der Suche nach außergewöhnlichen Leuten in New York. Die erste Aktivität, die ihm auffiel, war von einem jungen Mann, der sich Monster nannte. Er verwandelte sich in verschiedene Monster und erschreckte die Leute. Seinen bürgerlichen Namen fand Walter über die Polizeidatenbank heraus, da der Mann schon einmal festgenommen worden war, als durch einen seiner Streiche ein Unfall passiert war. Er hieß John McGrath und wohnte in Manhattan. Walter nahm seinen Helm, setzte ihn auf und machte sich direkt auf den Weg zu dem Mann.

Er fuhr mit seinem modifizierten Aston Martin zu der angegebenen Adresse. Walter parkte seinen Wagen vor dem Haus, ging zur Haustür und trat ein. Er erklomm die Stiegen bis zum obersten Stockwerk. Dort klopfte er an die Tür mit der Aufschrift McGrath. Ein paar Minuten später öffnete sich die Tür. Ein schlechtrasierter Mann, der eine Flasche mit Bier in der Hand hielt, stand nun vor Air Soldier. Er hatte rabenschwarze, ungekämmte Haare. Der Mann war in einen ebenso schwarzen Bademantel gekleidet.

„Sind Sie Monster?"

„Kommt drauf an, wer das wissen will."

„Air Soldier, der Superheld."

„Und Sie sind sicher, dass Sie keiner von der Polente sind? Sie wissen, was wir hier mit Bullen machen? Wir teeren und federn sie."

„Nein, ich bin kein Polizist. Dürfte ich eintreten?"

„Ist'n freies Land."

Er trat zur Seite. Walter betrat die heruntergekommene Wohnung. Es war ein schäbig wirkender Lebensraum. John McGrath ging zum verrosteten Kühlschrank.

„Wollen Sie'n Bier oder was anderes?"

„Nein, danke. Ich werde gleich auf den Punkt kommen. Ich möchte ein Superheldenteam aufstellen, um die Liga der Schurken auszuschalten."

„Ich unterbreche Sie hier mal gleich. Was springt für mich dabei raus?"

„Alles, was Sie wollen. Wie viel wollen Sie haben? Die ganze Ausrüstung können Sie natürlich auch behalten."

„Ich will eine Million bar auf die Kralle."

„Abgemacht. Wie ist Ihre Telefonnummer? Ich werde sie nur benutzen, um Ihnen die wichtigsten Einzelheiten mitzuteilen."

John nannte ihm die Nummer.

„Okay, ist notiert. Ich werde mich bei Ihnen melden, sobald ich neue Informationen für Sie habe. Einen schönen Tag noch."

Walter verabschiedete sich und verließ die heruntergekommene Wohnung. Er stieg die Treppe hinunter. Der Superheld setzte sich in seinen Wagen und fuhr wieder zu seiner Höhle zurück.

Er dachte: „Ich wäre schneller, wenn ich mir eine Liste von allen Personen mache und diese dann der Reihe nach aufsuche." Das tat er dann auch. Der nächste Besuch führte Walter zu sich nach Hause, genauer gesagt zu Hasi. Dieser sagte zu, nachdem Walter seinen Helm abgenommen und ihm die ganze Geschichte über ihn als Air Soldier erzählt hatte. Der nächste auf der Liste war Electron man. Dieser war schwerer zu finden, denn er blieb anonym, anders als die anderen Herren. Walter durchsuchte die Verkehrskameras nach möglichen Aktivitäten. Nach stundenlanger Suche sah er ihn. Der Superheld betrat eine Bank in Queens, die gerade überfallen wurde. Walter setzte seinen Helm auf und lief zum Tor.

Er öffnete es, aktivierte dann sein Jetpack und schwang sich in die Lüfte. Er kam gerade noch rechtzeitig. Der andere Superheld wollte die Bank gerade verlassen, doch Walter erwischte ihn noch. Er landete neben ihm, als dieser wegrennen wollte.

„Electron man, bitte warten Sie kurz."

„Ich gebe keine Interviews!", entgegnete dieser leicht verärgert.

„Ich wollte auch nicht danach fragen. Ich möchte Ihnen ein Angebot machen."

Als der andere Superheld sich umdrehte und Air Soldier hinter ihm stehen sah, zuckte er zurück. „Ich bin ein riesiger Fan Ihrer Arbeit. Ich tue Alles, was Sie wollen!"

„Ich habe die Chance bekommen, die ganze Liga der Schurken auf einmal auszuschalten."

„Ich bin dabei. Hier ist meine Telefonnummer."

Electron man gab ihm eine Visitenkarte.

„Gut, ich melde mich, wenn ich Neuigkeiten für Sie habe."

Electron man lief in eine Gasse und war auf einmal verschwunden. Air Soldier flog davon. Während er über den Wolken schwebte, zog er einen Block und einen Stift aus seinem Gürtel. Er setzte einen Haken neben den Namen „Electron man". Walter flog nach Hause und verbrachte den Abend mit seiner Familie.

Am nächsten Morgen ging Walter nach dem Frühstück wieder in seine Höhle und holte seinen Block, mit dem er sich zu seinem Computer setzte. Der nächste Name, der auf seiner Liste stand, war ein Superheld namens Tasmanian Devil. Er wohnte in einer Holzhütte in den Wäldern, so erzählte man es sich zumindest. Der Wissenschaftler konnte mithilfe eines Auswahlverfahrens den Bereich, wo sich die Holzhütte befinden sollte, auf einen Hektar Land eingrenzen. Air Soldier warf wieder einen Blick auf seine Liste. Vier Namen waren noch nicht mit einem Haken versehen. Walter zog seinen Anzug an und sprang in seinen Wagen. Er fuhr bis zum Eingangstor und stoppte dann.

Als das Tor ganz nach oben gefahren war, raste der Aston Martin davon. Er drückte einen Knopf am Lenkrad und die Lachgaseinspritzung wurde betätigt. Der Wagen fuhr mit einem hohen Tempo davon. Air Soldier lenkte das Fahrzeug bis zum Rand eines nahegelegenen Waldes. Dort betätigte er einen weiteren Knopf und das Auto wurde zu einem Flieger, der sich wenige Schritte vom Wald entfernt in die Lüfte erhob. Er überflog den begrenzten Bereich und tatsächlich, da war eine Holzhütte. Walter aktivierte den Autopiloten und öffnete danach die Autotür. Er sprang aus dem Wagen. Kurz vor dem Boden schaltete Walter sein Jetpack ein. Er flog wenige Meter und landete dann vor der Haustür. Er klopfte an die Tür der Hütte. Nach fünf Minuten dachte er kurz, keiner sei zu Hause, bis er ein lautes Schnarchen hörte. Er versuchte, die Tür aufzumachen. Sie war nicht abgeschlossen. Walter konnte einfach eintreten. Die Holzhütte war nur spärlich eingerichtet. Inmitten des Zimmers stand ein grünes Sofa. Auf diesem lag ein in einen roten, mit langen Ohren versehenen Anzug, gekleideter Mann. Er schnarchte wie ein Motorrad, dessen Vergaser beschädigt worden war. Walter ging vorsichtig zu ihm hinüber und schüttelte ihn leicht an den Schultern. Der schlafende Mann wachte langsam auf.

„Wer sind Sie und wie kommen Sie hier rein?"

„Mein Name ist Air Soldier und ich kam durch die nicht abgeschlossene Tür herein. Sie sollten besser aufpassen."

„Es war spätnachts, ich hatte die ganze Nacht gegen diese Idioten von der Schurkenliga gekämpft."

„Stellen Sie sich vor, Viktor Krankov wäre gekommen."

„Tja, das wäre beschissen gewesen. Das hätte ich dann nicht mehr erlebt, oder? Haha!"

„Das hätten Sie schon noch erlebt. Er ist dafür bekannt, dass er seine Ziele, solange es geht, leiden lässt. Der Mann ist der brutalste Auftragskiller, den es gibt. Sogar Cäsar der Große hätte Angst vor ihm, wenn er nicht für ihn arbeiten würde. Sie müssen besser aufpassen, falls Sie die Vorzüge dieses Lebens noch länger genießen möchten."

„Jaja, ich hab's verstanden, was wollen Sie von mir?"

„Ach, das hätte ich fast vergessen. Sie sagten doch, dass Sie die Liga der Schurken auch bekämpfen würden, oder?"

Tasmanian Devil nickte.

„Ich biete Ihnen die Chance, die ganze Liga auf einmal auszuschalten. Na, wie klingt das?"

„Das hört sich gut an, aber wo ist der Haken?"

„Der Haken ist, alle Mitglieder der Liga der Schurken müssen sterben, weil sie meine Identität kennen und meine Familie bedrohen."

„Damit kann ich leben."

„Haben Sie ein Telefon?"

„Nein."

„Dann komme ich immer her, wenn ich eine neue Information für Sie habe."

Walter verließ die Holzhütte. Er zog sein Notizbuch aus einer Tasche seines Gürtels und setzte einen Haken neben dem Namen Tasmanian Devil. Danach erhob sich Air Soldier wieder in die Lüfte und flog in die Bronx. Lightning war der Nächste auf Walters Liste.

Der Flug zu ihm dauerte zehn Minuten. Danach landete Air Soldier vor einem Hochhaus. Diesmal nahm er den Aufzug, denn er musste in den zwölften Stock. Zwei andere Personen standen neben ihm.

Als die Lifttüren aufgingen, fasste der Mann, der hinter ihm stand, den Mut, Walter zu fragen: „Sind Sie der echte Air Soldier?"

„Ja, der bin ich."

Der Superheld verließ den Aufzug. Er suchte die Wohnung mit der Schrift Jones James. Dort läutete er. Nach wenigen Augenblicken öffnete sich die Wohnungstür. Ein Mann, der in ein weißes Hemd gekleidet war, kam zum Vorschein. Er hatte rabenschwarze Haare, die nach links gekämmt waren. Dicke Tränensäcke unter den Augen säumten sein Gesicht. Er wirkte ohnehin verschlafen.

„Guten Tag, wie kann ich Ihnen helfen?"

Er ließ sich durch den Umstand, dass ein Mann in einer schwarz-weiß-grünen Rüstung vor ihm stand, nicht beirren.

„Mein Name ist Air Soldier und ich hätte ein Angebot für Sie."

„Kommen Sie doch erst mal rein."

Der Mann ging in seine Küche und bedeutete Walter, sich zu setzen.

„Möchten Sie etwas trinken?"

„Nein, danke. Also, um gleich auf den Punkt zu kommen. Der Vorschlag wäre folgender, und zwar, haben Sie schon einmal von der Liga der Schurken gehört?"

„Ja, die bereitet mir im Moment ziemliche Kopfschmerzen. Wieso?"

„Ich habe da ein Angebot, das Sie nicht ausschlagen können. Ich biete Ihnen an, mit mir und ein paar anderen Superhelden die ganze Liga auf einmal zu stürzen."

„Echt? Das wäre großartig. Ich bin dabei."

„Gut, morgen wird in einer Fabrik, die einem Freund von mir gehört, ein geheimes Treffen abgehalten. Die genaueren Daten übermittle ich Ihnen per Telefon, wenn Sie mir Ihre Karte geben."

Der Mann händigte Walter eine seiner Visitenkarten aus. Air Soldier verließ das Hochhaus über den Balkon. Er landete wenige Meter vor seinem Auto, stieg ein und flog damit bis zu der Tür des Hauses von Shadow Sword.

Es war ein älteres Gebäude in Chinatown. Er klopfte und ein kleiner, alter Japaner öffnete.

Walter begrüßte ihn und sagte: „Wohnt Minato Tanaka hier?" Der alte Mann nickte und bedeutete dem Air Soldier, er solle ihm folgen. Er führte Walter in das Innere des Hauses. Das Gebäude war mit Shōjis, den japanischen Papiertüren, bestückt. Der Greis ging zu einer und zog sie zur Seite.

„Minato, jemand verlangt nach dir."

„Danke, Onkel."

„Sind Sie Minato Tanaka?"

„Wie er leibt und lebt."

„Dann habe ich ein Angebot für Sie. Kennen Sie die Liga der Schurken?"

„Ja, diese dreckigen Hunde kenne ich."

„Ich gebe Ihnen die Möglichkeit, alle auf einmal auszuschalten."

„Was springt für Sie dabei raus?"

„Die kennen meine Identität und werden meine Familie abschlachten, wenn ich sie nicht alle umbringe."

„Verstehe ich das richtig, Sie wollen alle Mitglieder der Liga ihres Lebens berauben?"

„Das stimmt. Wenn es einen anderen Weg gäbe, würde ich ihn gerne einschlagen. Aber den gibt es leider nicht. Für die Ausrüstung sorge ich. Was sagen Sie dazu?"

„Ich bin gerne dabei, wenn ich Yakuz töten darf."

„Einverstanden."

Die beiden gaben sich die Hand.

„Morgen findet ein Treffen statt in einem Gebäude, welches einem Freund gehört. Wir treffen uns um 12 Uhr in der Fabrik von Tech Industries."

„Okay, ich werde da sein."

Walter musste sich beeilen, wenn er den Letzten auf seiner Liste noch vor Einbruch der Dunkelheit erreichen wollte. Dieser wohnte in Brooklyn.

Walter landete vor der zwei Meter hohen Mauer, die das Anwesen vor neugierigen Blicken schützte. Air Soldier klingelte am Tor. Ein Mann in einem Tarnanzug öffnete.

„Was kann ich für Sie tun?"

„Sind Sie der Butcher?"

„Jawohl, Colonel Zac Smith, Ex-Army-Soldier. Wie unhöflich von mir, kommen Sie doch rein."

Walter folgte dem Colonel in sein luxuriöses Haus und setzte sich.

„Ich bin Air Soldier."

„Ich weiß Sir, ich habe von Ihnen gehört und bewundere Ihre Arbeit."

„Vielen, vielen Dank, ich fühle mich geehrt. Nun, weiter im Text. Colonel, sagen Sie, haben Sie schon von der Liga der Schurken gehört?"

„Sicher, diese Drecksäcke schlachte ich schon seit Wochen ab."

„Wollen Sie alle Anführer der Liga auf einmal umbringen?"

„Schön wär's, ich würde töten für diese Chance."

„Das müssen Sie gar nicht, ich gebe Sie Ihnen auch so."

„Wo ist der Haken?"

„Die Anführer müssen nur tot sein, sonst gibt es keinen. Wir treffen uns morgen bei Tech Industries, um 12 Uhr."

Der Colonel willigte ein. Dann flog Air Soldier nach Hause.

Walter war erschöpft. Er zog seine Rüstung aus, schlurfte langsam ins Wohnzimmer und ließ sich auf das Sofa fallen. Er schaltete den Fernseher an und schaute sich die Serie

„Raumschiff Enterprise" an. Sie faszinierte ihn. Während der Wissenschaftler fernsah, döste er ein wenig vor sich hin. Als Claire kam, um ihn zum Essen zu holen, war er eingeschlafen. Sie weckte ihn sanft und die Familie aß zu Abend. Danach sahen sie sich zusammen einen Film an. Walter wäre fast schon wieder eingeschlafen. Er schleppte sich in sein Bett und war, bevor er sein Kissen berührt hatte, schon eingeschlafen.

Am nächsten Tag führte Walter ein paar Telefonate. Er sagte allen Bescheid, dass sie sich in der Fabrik von Tech Industries um 12 Uhr treffen sollten. Der Wissenschaftler teilte auch seinem besten Freund Hasi mit, dass er da sein sollte.

Um 11 Uhr unternahm Air Soldier die Reise in den Wald erneut. Walter sammelte Tasmanian Devil auf und brachte ihn in die Fabrik, dort bat er ihn noch ein paar Minuten zu warten. Walter fuhr so schnell er konnte zu seinem Haus und lud all seine Waffen in den riesigen Kofferraum. Er packte auch ein paar seiner Roboter ein. Bei dieser Gelegenheit, nahm er auch gleich Hasi mit. Dann rasten die beiden wieder zur Fabrik, wo Walter alle Waffen auf einem Tisch ausbreitete. Nach und nach kamen die ersten Superhelden in der Fabrik an. Der Butcher war der Erste, der eintraf. Danach folgten Electron man, Lightning, Shadow Sword und Monster. Sie waren alle in ihre Superheldenanzüge gekleidet. Als die Gruppe vollständig war, versammelten sie sich alle in einem Kreis um Walter herum.

„Also, heute würde ich alle bitten, ihre Fähigkeiten zu präsentieren. Wer möchte damit beginnen?"

„Ich!"

Lightning meldete sich.

Er ging in die Mitte der Halle und fragte Walter: „Ist Ihr Anzug gut isoliert?"

Dieser bejahte fragend.

„Dann kommen Sie bitte her."

Walter tat, was sein Teamkollege sagte.

„Achtung, ich werde meine Kraft jetzt auf Sie konzentrieren."

Er hatte einen blauen Anzug an, der aus Kunststoff bestand. Lightning formte seine Hände so, als würde er einen Ball halten. Seine Augen flammten hellblau auf. Er entfernte seine Hände voneinander. Ein blauer Blitzstrahl verlief von einer Handfläche zur anderen. Er kniff ein Auge zu, als würde er zielen. Es dauerte ein paar Augenblicke, bis er seine rechte Hand blitzschnell nach vorn drückte. Ein leuchtender, blauer Blitz jagte aus Lightnings rechter Handfläche. Als Walter der Blitzstrahl traf, wurde er von den Füßen gerissen. Er flog zehn Meter weit. Air Soldier stöhnte und blieb einige Sekunden am Boden liegen. Er richtete sich wieder auf. Ein riesiger, schwarzer Fleck säumte seine Brust. „Was ich auch noch kann, ist Energie zu manipulieren." Der Held reckte seine rechte Hand in die Höhe. Sofort flackerte das Licht und ging dann aus. Als Lightning seine Hand wieder nach unten nahm, entflammte das Licht wieder. Alle klatschten.

„Wer ist der Nächste?", fragte Walter.

Electron man stand auf einmal neben ihm. Er bat Air Soldier darum, gegen ihn zu kämpfen. Walter aktivierte seine IMW. Electron man verschwand und tauchte plötzlich neben ihm wieder auf. Er schlug zu. Air Soldier taumelte. Auf einmal standen noch vier andere Electron mans um Walter herum. Sie schlugen alle gleichzeitig auf Air Soldier ein. Er schaltete seine IMW aus, aktivierte sein Jetpack und ließ die Waffe, sobald er weit genug über dem Boden war, los. Walter landete wieder einige Meter von ihnen entfernt, rannte auf sie zu, aktivierte seine IMW und griff sie damit an. Er hatte sich gemerkt, wer der echte Electron man war. Air Soldier schlug auf die Kopien ein. Ein Doppelgänger nach dem anderen zerfiel. Electron man selbst verschwand und tauchte über Walter wieder auf. Air Soldier holte mit seiner Faust aus. Der Getroffene flog nach hinten und landete mit dem Hintern am Boden. „Au! Ich habe mir mein Steißbein geprellt!" Er stand langsam auf und wollte Walter eine verpassen, doch dieser war zu schnell, er schlug Electron man noch einmal in das Gesicht. Dieser wurde ohnmächtig.

„Wer ist der nächste Kandidat?"

Colonel Smith trat vor. Er ging zum Tisch und nahm sich ein Gewehr und ein Schwert. Seine Wahl fiel auf eine Thompson und einen Entersäbel. Der Antiheld winkte Hasi zu sich herüber. Während Hasi zum Butcher trottete, baute dieser einen Parcours aus Kisten auf.

„Wie heißen Sie?"

„Hasi."

„Hasi, was für ein außergewöhnlicher Name. Egal, nehmen Sie sich bitte eine Schusswaffe und eine Nahkampfwaffe."

Hasi wählte ein Backsword und eine Beretta 70 Pistole. Er zog am Schlitten. Ein metallisches Klicken ertönte. Hasi legte die Waffen vor sich auf den Tisch. Er zog einen schussfesten Anzug an, nahm die Pistole in die Hand und steckte das Schwert in seine Schwertscheide. Der Bodyguard stellte sich vor dem Ende des Hindernisparcours auf. Er richtete die Waffe auf den Butcher.

„Bereit?", fragte Hasi.

„Ich wurde bereit geboren, Söhnchen!"

Der Antiheld begann zu feuern. Während Hasi damit beschäftigt war, den Kugeln auszuweichen, absolvierte Colonel Smith den Parcours. Hasi schoss auf den immer näherkommenden Butcher. Er verfehlte ihn ein paar Mal nur um einige Zentimeter. Zwei Schüsse trafen die Brust des Butchers. Sie blieben in seiner schussfesten Weste stecken. Er wurde nur kurz langsamer. Als er Hasi erreichte, schwang er seinen Entersäbel. Der Bodyguard zog blitzschnell sein Schwert, ließ die Schusswaffe fallen und blockte den Angriff mit einem starken Schlag gegen die Klinge seines Angreifers. Hasi wirbelte herum und führte eine schnelle Parade aus. Der Butcher hatte große Mühe, alle Angriffe abzuwehren, doch er schaffte es. Colonel Smith war noch abgelenkt von der Parade, da hieb Hasi mit der flachen Seite seines Backswords in die Kniekehle des Butchers. Der Antiheld sank auf ein Knie. Diesmal führte der Colonel einen Schwertschlag aus, der Hasi aus dem Gleichgewicht brachte. Die Zeitspanne, während der der Bodyguard abgelenkt war, nutzte der Butcher, um sich wieder aufzurichten. Schläge hagelten auf Hasi ein. Nach einem der vielen Schläge, mit denen der Bodyguard zu kämpfen hatte, schlug er das Schwert seines Angreifers zur Seite. Hasi entwaffnete seinen Gegner, indem er dessen Schwertklinge gegen den Uhrzeigersinn drehte. Der Säbel landete klirrend am Boden. Hasi richtete die Spitze seiner Schwertklinge auf den Butcher, genau auf der Höhe seines Halses. „Ich ergebe mich!" Hasi ließ sein Schwert sinken, da zog der Antiheld sein Gewehr und begann zu feuern. Hasi schwang sein Schwert. Er lenkte alle Kugeln zur Seite um. Sie durchschlugen die Holzkisten. Hasi zog blitzschnell seine Pistole und schoss auf den Antihelden. Er trat immer näher an den Butcher heran. Als Hasi nahe genug für einen Schlag war, schlug er dem Antihelden so fest er konnte mit der rechten Faust ins Gesicht. Dieser ging zu Boden. Der Butcher hatte verloren. Man konnte die Scham bis unter die Maske des Antihelden erkennen. „Ich möchte der Nächste sein!" Shadow Sword, der einen schwarzen Ninja-Anzug trug, wie man ihn aus den Filmen kannte, trat vor. Er holte zwei Roboter. Auf einen klippte er eine Zielscheibe. Danach bat er Hasi, gegen ihn einen Schwertkampf auszufechten.

„Mit Vergnügen." Der Bodyguard zog wieder sein Backsword. Als Erstes nahm Shadow Sword fünf Wurfsterne und warf einen nach dem anderen. Die Wurfgeschosse bildeten alle eine Reihe in der Mitte der Scheibe. Danach zog er zwei Katanas. Die Klingen der Schwerter glitten durch den Roboter wie ein Messer durch einen Klotz Butter. Danach verbeugte er sich vor Hasi und verschwand von einem Moment auf den anderen. Der Held tauchte einen Augenblick später hinter dem Bodyguard auf. Er flog von oben auf Hasi zu. Shadow Sword drehte sich in der Luft. Hasi bemerkte dies gerade noch im richtigen Moment, um die Schwerter abzublocken. Direkt nach diesem Angriff verschwand der Superheld wieder. Er tauchte an einer anderen Stelle wieder auf. Diesmal ließ der Held Schläge auf Hasi niederregnen.

Dessen Abwehr zerbröckelte langsam in kleine Stückchen. Shadow Sword gab Hasi einen finalen Schlag. Das Backsword flog klirrend zu Boden. Der Superheld verneigte sich und steckte seine Katanas wieder in seinen Schwerthalter, den er am Rücken festgeschnallt hatte. Er trat wieder zu den anderen. Hasi war der Nächste. Er nahm sich zwei Beretta 70er und schoss mit beiden gleichzeitig auf eine Zielscheibe. Er traf jedes Mal die Mitte der Zielscheibe.

Walter fragte Tasmanian Devil, ob er zuerst wolle oder ob Monster beginnen solle. Er wollte. Der Devil trat vor. Er rannte durch die ganze Halle. Der Held lief so schnell, dass man nur noch einen roten Streifen sah. Der Superheld lief die Wand empor und sprang dann herunter. Er drehte sich um die eigene Achse. Tasmanian Devil drückte einen Knopf, Peitschen wurden aus den Vorrichtungen an seinen Unterarmen geschossen. Er schwang sie sehr schnell. Danach landete der Superheld geschmeidig auf seinen Füßen. Er trat zu Walter und den anderen. Monster war als Nächstes dran.

Er fragte: „Gibt es irgendwelche Wünsche aus dem Publikum?"

„Graf Dracula!", schrie Lightning.

„Ihr Wunsch ist mir Befehl."

Er schloss kurz die Augen. Ein Knall ertönte und blauer Rauch stieg auf. Dracula stand in der Mitte des Raumes. Er bleckte die Zähne. Der Vampir bewegte seinen Umhang. Dracula war verschwunden, dafür flog ein Fledermausschwarm durch die Halle. Sie drehten eine Runde und verwandelten sich wieder in Monster. Nun war Walter an der Reihe.

„Ich möchte bitte, dass Sie sich alle die Waffen nehmen, die Sie haben wollen und gegen mich kämpfen."

Die anderen Superhelden machten dies mit Freude. Walter stellte sich in die Mitte der Halle.

„Drei, zwei, eins, los!"

Der Butcher war der Erste, der Walter angriff. Er war der Leichteste, der zu besiegen war. Colonel Smith schoss eine Menge Kugeln auf Air Soldier. Walter aktivierte seine Waffe und drückte den Knopf, der die Gravitationsreaktoren in Aktion treten ließ, gleich danach. Er vollführte eine Parade. Die Kugeln wurden zu dem Schützen zurückgeleitet. Der Butcher wich mit Sprüngen und Hechtrollen den Patronen aus. Der Colonel kam immer näher. Er zog zwei Fleischermesser von seinem Gürtel und holte zum Angriff aus. Walter dachte kurz nach und das Kristallschwert verschwand, nachdem er seine Waffe deaktiviert hatte. Als er die IMW wieder aktivierte, erschien eine Tonfa. Diese sah aus wie ein Schlagstock mit einem Quergriff. Walter nahm den Griff in die Hand. Seine Handschuhe waren gegen den Laser immun. Der Butcher griff mit schnellen Hieben an. Walter lehnte sich blitzschnell nach hinten und beugte sich dann wieder nach vorne, um den Schlägen auszuweichen. Er wartete eine Sekunde nach den Hieben und rammte dem Butcher seine Tonfa in die Magengrube. Colonel Smith wurde gegen die nächste Wand geschleudert und blieb bewusstlos liegen. Die nächsten beiden Angreifer waren Tasmanian Devil und Lightning. Die beiden griffen gleichzeitig an. Devil lief um Walter herum und sein Partner lud einen neuen Blitz auf. Um Tasmanian Devil aufzuhalten, musste Walter nur seine Tonfa umdrehen und ausstrecken. Der Devil lief gegen die Waffe. Sie erwischte ihn in der Magengrube. Er stürzte und wurde weggeschleudert. In der Zwischenzeit hatte Lightning seinen Blitz fast aufgeladen. Walter schaltete blitzschnell und deaktivierte seine Waffe. Einen Augenblick später aktivierte er sie wieder. Ein Kristallschwert materialisierte sich. Gerade rechtzeitig, denn in diesem Moment war der Blitz fertig aufgeladen. Lightning zielte auf Walter und ließ den Blitzstrahl frei. Es kostete Walter viel Kraft, dem Blitz standzuhalten. Doch er schaffte es. Und mit einer schnellen Bewegung leitete er den Blitzstrahl zu Lightning zurück. Der Held wurde getroffen und gegen die nächste Wand geschleudert. Die nächsten zwei Angreifer waren Hasi und Monster. Der Bodyguard hatte sich zwei Katanas und eine Walther PPK geholt. Er eröffnete das Feuer. Walter wehrte

die Kugeln gekonnt ab. Währenddessen verwandelte sich
der andere Superheld in Frankensteins Monster. Er stürmte auf Air Soldier zu. Hasi ebenfalls. Der Bodyguard hatte
seine Pistole weggesteckt und die beiden Schwerter gezogen. Monster ging zum Angriff über. Er wollte Walter unter
seinen riesigen Fäusten zerquetschen. Doch dieser sprang
zur Seite. Monster hatte damit gerechnet, er ergriff Walter
an den Füßen, riss ihn nach oben und nahm seine Hände
auch noch. Frankensteins Monster zog an Air Soldiers Armen und Beinen. Walter spürte, wie sein Körper langsam
auseinandergezogen wurde. Er wandte all seine Kraft auf,
um einen Arm freizubekommen. Als der Wissenschaftler
das geschafft hatte, griff er nach seiner IMW und aktivierte sie. Ein Kristallschwert materialisierte sich. Walter hieb
mit dem Schwert auf Monsters Arm ein. Der rechte Arm
flog zu Boden. Air Soldier schnitt auch noch den anderen
ab. Walter aktivierte sein Jetpack und flog zur Decke hinauf. Dort deaktivierte er es wieder und ließ sich fallen. Die
IMW war immer noch aktiviert. Air Soldier zerteilte Frankensteins Monster in der Mitte. Die Hälften flogen zu Boden. Einen Augenblick später verwandelte sich das Monster
wieder in einen Mann. Nun war Hasi an der Reihe. Walter
deaktivierte seine Waffe und wich jedem Schwerthieb aus,
der ihm entgegenkam. Danach griff er nach einem der beiden Schwerter und entriss es Hasi. Nun griff Walter an. Er
vollführte eine Parade und drängte sein Gegenüber immer
weiter zurück. Irgendwann stand Hasi mit dem Rücken zur
Wand. Er versuchte verzweifelt, sich zu wehren. Air Soldier
entwaffnete sein Gegenüber. Das Katana landete klirrend am
Boden. Hasi ergab sich. Der letzte Gegner, der gegen Walter
antrat, war Shadow Sword. Walter behielt sein Katana. Shadow Sword zog seine beiden Schwerter und verschwand für
wenige Augenblicke. Er tauchte direkt hinter Walter wieder
auf. Shadow Sword drehte sich im Kreis. Air Soldier bemerkte dies, kurz bevor ihn die Waffen seines Gegners treffen
sollten. Er konnte sein Katana gerade noch heben. Die bei-

den Schwerter schlugen Funken, als sie auf Walters trafen. Air Soldier führte eine Parade aus und schaffte es, Shadow Sword ein Schwert wegzunehmen. Die Helden kämpften noch fünfzehn Minuten weiter und dann einigten sie sich auf ein Unentschieden.

DIE GOLDENE REGEL

Walter arbeitete die nächsten drei Wochen an der Ausrüstung für sich und sein Team. Für sich entwickelte er einen Stimmenverzerrer, um die Stimmlage des Jolly Jokers genau zu treffen. Diesen integrierte er in seinen Anzug, den er gereinigt und neu lackiert hatte um die Spuren von Lightnings Blitzschlag zu verdecken. Nach einigen Verbesserungen funktionierte der Verzerrer. Für den Butcher baute er zwei der Scheiben, die Walter auch in seinen Handschuhen eingebaut hatte. Er integrierte sie in schwarze Lederhandschuhe. Für Lightning fertigte Walter einen Konzentrator, um mit seinen Blitzen besser zielen zu können. Für Monster entwickelte er einen Anzug, der immer mitwuchs, und eine riesige Armbrust, die von selbst nachlud. Die Patronen konnten nie ausgehen. Danach holte er ein M16-Sturmgewehr sowie einen Colt Python. Walter schraubte ein wenig an den Waffen herum. Am Ende flogen die Kugeln mit Lichtgeschwindigkeit aus dem Lauf der Waffe. Er entwickelte auch noch spezielle Munition, die dem Druck und der Temperatur, die während des Fluges auf die Patronen einwirkten, standhielten. Anschließend baute er ein kleines Triebwerk am Ende des Revolvers an, damit der Rückstoß aushaltbar blieb. Tasmanian Devil und Electron man bekamen jeweils die gleichen Handschuhe wie der Butcher. Das Letzte, das Walter noch baute, waren zwei spezielle Schwerter, die gleich funktionierten wie seine IMW, nur dass immer die gleiche Waffe erschien. Es war kein Chip und auch kein Kabel mehr nötig. Walter kaufte dann noch grüne Haarfarbe, rote und weiße Schminke sowie einen Anzug, der aussah wie der des Jolly Jokers.

Am 28. Juni rief Walter wieder alle seine Partner in der Fabrik zusammen. Er legte dort seine Erfindungen auf einen Tisch. Als sich alle Superhelden in dem Gebäude von Tech Industries versammelt hatten, schritt Walter zu dem Tisch hinüber, nahm die drei Handschuhpaare und händigte sie Tasmanian Devil, Electron man und dem Butcher aus. Sie wussten zuerst nicht, was sie mit den Handschuhen anfangen sollten, bis Walter auf eine der Scheiben drückte. Sie waren von den Präsenten begeistert. Sie probierten diese gleich aus. Es materialisierte sich eine Walther PPK Pistole. Diese Waffe erschien immer, wenn der Knopf betätigt wurde. Danach zog Walter den kleinen Konzentrator vom Tisch, ging zu Lightning und schnallte ihn dem Mann um. Dieser lud einen Blitz auf und zielte auf einen der Roboter. Er ließ den Blitzstrahl frei und traf genau in die Mitte. Dieser wurde ein paar Meter weit geschleudert, doch es war nur ein kleiner, schwarzer Fleck auf dem Roboter zu sehen. Walter ging wieder zu dem Tisch und holte den Anzug sowie die riesige Armbrust für Monster. Air Soldier drehte an einem Regler, der an der Waffe befestigt war. Die Waffe schrumpfte. Danach drehte er den Drehregler in die andere Richtung und die Armbrust wuchs.

„Diese Waffe können Sie immer an Ihre Größe anpassen. Die Patronen werden Ihnen auch nicht ausgehen, da sie im Inneren gebildet werden. Die Armbrust schießt einen Blitzstrahl, der in dieser Einstellung zwar eine extrem große Spannung hat, aber nur eine sehr kleine Stromstärke besitzt, dadurch wird das Ziel nur betäubt. Um die Stromstärke zu steigern, drehen Sie an diesem Regler. Bei höchster Einstellung sind die Blitze tödlich. Also, umso größer die Stromstärke, desto gefährlicher und schädigender die Auswirkungen."

„Das ist großartig und die darf ich behalten?"

„Ja, die dürfen Sie behalten."

Danach holte er einen Waffenkoffer, in dem sich der Revolver und die M16 befanden. Hasi verstand nicht, was an der Waffe besonders war, bis er sie abgefeuert hatte. Als die Kugeln geflogen waren, begutachtete Hasi die Pistole und das Gewehr genauer. Zu guter Letzt übergab Walter Shadow Sword die beiden Schwerter. Dieser wusste nicht recht, was er damit anfangen sollte. Walter drückte den Knopf der Waffe. Eine rote Schwertklinge materialisierte sich. Shadow

Swords Unterkiefer klappte nach unten. Er ließ das Schwert durch die Luft gleiten. Es surrte leise. Das Geräusch, welches die Waffe erzeugte, war sehr angenehm. Als die Superhelden ihre neue Ausrüstung fertig bestaunt hatten, versammelten sie sich wieder um Walter.

Er erklärte den Plan: „Also, wir treffen uns am 1. Juli um 18 Uhr wieder hier, um alles vorzubereiten. Ich gehe als Jolly Joker verkleidet zu dem Treffen. Unter meiner Verkleidung werde ich meinen Anzug tragen. Hasi, der Butcher, Electron man und Lightning werden am gegenüberliegenden Gebäude postiert, Tasmanian Devil, Monster und Shadow Sword werden durch den Garten schleichen und die Wachen ausschalten. Die Security wird nicht getötet. Wenn ich einen Schuss abgebe, ist das das Signal, dass ihr alle das Haus stürmen sollt. Wenn Hasi das sieht, feuert er einen Enterhaken ab und schwingt sich gemeinsam mit den anderen durch das Wohnzimmerfenster. Danach wirft er mir meinen Helm zu."

„Verstanden!", riefen sie wie aus einem Munde.

Der Plan war nun geschmiedet.

Am 1. Juli um 16:45 Uhr gingen Walter und Hasi in das Arbeitszimmer des Wissenschaftlers. Dort nahm Walter die Fernbedienung aus dem im Schreibtisch versteckten Geheimfach und drückte den Knopf. Der Handabdruckscanner fuhr aus der Wand. Walter legte seine Hand auf den Scanner. Ein Mikrofon kam zum Vorschein. Danach sagte er in das Mikrofon: „Walter Richard Tech". Das Bücherregal fuhr zur Seite. Die beiden Männer gingen den Gang entlang, bis sie auf eine massive Eisentür trafen. In dessen Schlüsselloch steckte Walter seinen Schlüssel. Er drehte ihn einmal um die eigene Achse und drückte anschließend die Tür auf. Air Soldier ließ Hasi den Vortritt. Dieser konnte seinen Augen nicht trauen. Er rieb sich die Augäpfel.

„Kannst du mich kneifen?"

Walter zwickte seinen Freund in den Oberarm.

„Au, das war doch nicht ernst gemeint!"

„Tut mir leid."

Hasi ging direkt zum Aston Martin. Er streichelte mit der linken Hand die Motorhaube des Wagens. „Wow! Das ist beeindruckend!"

Walter begann seine Haare grün zu färben. Danach schlüpfte er in seine Air Soldier Rüstung hinein. Darüber zog er den lilafarbenen Anzug an. Anschließend schminkte er sein Gesicht weiß und seine Lippen rot. Nachdem er damit fertig war, ging er zu seinem Tresor. Er öffnete ihn und zog ein Etui aus dem Panzerschrank. Der Held zog den Deckel auf und holte den goldenen Freedom Arms Model 83. 500 WE Revolver heraus. Er lud wieder fünf Patronen in die Handfeuerwaffe. Air Soldier ging gleich darauf erneut zu seinem Safe und holte eine kleine Box heraus. Danach öffnete er eine Tasche an seinem Gürtel und leerte den Inhalt der Kiste in diese. Zwölf goldene Patronen kullerten in die Tasche. Walter steckte den Revolver hinten in seinen Hosenbund. Er platzierte sein Sakko so, dass es die Waffe versteckte. Anschließend warf er Hasi den Helm zu. Dieser fing ihn und steckte ihn in eine Sporttasche. Währenddessen lud auch der Bodyguard seinen Colt Python und die M16. Gleich darauf ging Hasi zu Walters Motorrad.

„Ich fahre mit diesem!"

„Gern, hier ist ein Helm."

Er griff in eine Vitrine und warf ihn Hasi zu. Dieser fing ihn und setzte ihn auf seinen Kopf. Er sprang auf das Motorrad und brauste vor zum Tor. Walter setzte sich auf den Fahrersitz seines Aston Martins und fuhr davon. Er drückte auf den Knopf, der das Tor steuerte. Es quietschte ein wenig und öffnete sich dann langsam.

Die beiden lieferten sich ein Kopf-an-Kopf-Rennen. Walter gewann knapp. Als er zusammen mit seinem Freund vor der Fabrik ankam, war es schon 17:45 Uhr. Sie warteten fünf Minuten, bis der erste Held eintrat. Der Butcher kam um 17:50 Uhr. Zwei Minuten später kamen Lightning und Electron man. Zu guter Letzt trafen Tasmanian Devil, Shadow Sword und Monster ein.

„Wow, Sie sehen genauso aus wie der echte Jolly Joker", lobte der Butcher.

„Dankeschön."

Walter nahm den Butcher, Lightning, Shadow Sword und Monster in seinem Wagen mit. Hasi fuhr mit dem Motorrad. Tasmanian Devil lief zum Ziel, Electron man verschwand und stand dann ein paar Hundert Meter von Cäsars Haus entfernt. Sie trafen sich auf einem Parkplatz, der zweihundert Meter von dem Gebäude des Großen weg war. Die War Brigade ging den Plan noch einmal durch. Als sie fertig waren, zeigte die Uhr 19:30 Uhr an. Die Gruppe machte sich auf den Weg. Hasi, der Butcher, Electron man und Lightning postierten sich am Hausdach. Shadow Sword, Tasmanian Devil und Monster schlichen langsam zum Garten hinauf. Walter erklomm den Vorsprung zu Cäsars Haus. Währenddessen drückte er einen Knopf an seinem Anzug. Er klopfte an der riesigen Tür. Die Tür wurde geöffnet. Giovanni stand vor Walter.

„Ah! Guten Abend, Mister Joker, Sir. Kommen Sie herein."

„Dankeschön", sagte Walter mit einer langen Pause zwischen den beiden Silben.

Er betrat das Anwesen und ging direkt in das Esszimmer des Hauses. Diesmal stand ein ewig langer Tisch in der Mitte des Raumes. Ein paar Männer saßen an der Tafel. Er kannte zwei von ihnen. Da war einmal der Mineur, ein Psychopath, der Freude daran hatte, Menschen, Häuser und alle möglichen Gegenstände in die Luft zu jagen. Der andere war Mr. Clout, ein ehemaliger Schläger, der durch einen Chemieunfall übermenschliche Stärke erlangt hatte. Er setzte sich neben Cäsar.

„Ah! Jolly, wie geht es dir?"

„Gut! Und wie geht es dir?"

„Auch gut."

Der Jolly Joker beugte sich vor und flüsterte dem Mafiaboss etwas ins Ohr. Cäsar nickte kurz.

Um 20 Uhr war der Rest der Schurken eingetroffen. Nachdem alle da waren, kannte er noch vier Männer mehr. Einer war der deutsche Heeresführer Adolf Hitler, dann war da noch der italienische Diktator Benito Mussolini, der berühmteste Mafioso der Welt Alfonso „Al" Capone, auch bekannt als Scarface, und Napoleon Bonaparte, der französische Kaiser. Walter dachte darüber nach, wieso diese ganzen historischen Personen anwesend waren. Wie das überhaupt möglich sein konnte, denn alle diese Männer waren eigentlich schon seit dreißig Jahren tot. Er wurde von Cäsars Stimme jäh aus seinen Überlegungen gerissen.

„Liebe Mitschurken, herzlich willkommen bei der heutigen Versammlung!"

Die Schurken begannen zu applaudieren. Es war eine große Show.

„Wir kommen nun zur Anwesenheit. Bitte steht auf, wenn ich euren Namen aufrufe."

„Mineur!"

„Mr. Clout!"

„Jolly Joker!"

Walter stand auf. Er setzte sich aber nicht mehr hin. Air Soldier ging unbemerkt hinter Mr. Clout, zog seinen Revolver und spannte den Hahn so leise, wie es ging. Walter richtete seine Handfeuerwaffe auf den Ganoven und feuerte sie ab. Blut spritzte überallhin. Mr. Clouts Kopf fiel auf die Tischplatte. Eine Sekunde später stand Electron man im Raum. Er drückte auf die beiden Scheiben, die in seine Handschuhe integriert waren. Zwei Walther PPKs materialisierten sich. Der Superheld begann zu feuern. Die Tafel wurde umgeworfen. Der Mineur griff unter seine Weste. Er holte fünf Kugeln hervor. Electron man schoss auf den Schurken. Eine der Patronen traf den Mineur in die rechte Hand. Das war die, in der er die Bomben hielt. Die Kugeln fielen zu Boden. Der Mineur wurde von seinen eigenen Bomben in Stücke gerissen. Danach wurde die Tür aufgerissen und ein glatzköpfiger Mann betrat die Halle. Walter kannte ihn. Es war Viktor

Krankov, ein russischer Auftragskiller. Er war der Beste in seinem Job. Der Mann zog überkreuzt zwei AMT AutoMag Pistolen. Er begann mit beiden Waffen gleichzeitig zu feuern. Walter ging in Deckung. Fensterglas splitterte. Hasi und seine Partner waren angekommen. Als Shadow Sword da war, trat ein Mann hinter dem Tisch hervor. Er trug eine rote Samurai-Rüstung. Der Mann sprach japanisch. Walter verstand kein einziges Wort, doch er konnte sich ungefähr vorstellen, was die beiden gesagt hatten, da sie danach ihre Schwerter zogen. Shadow Sword zog zuerst seine eigenen Katanas. Danach griff Yakuz nach seiner Waffe. Er hatte nur ein Schwert. Hasi warf Walter seinen Helm und ein Handtuch zu. Dieser wischte sich grob das Gesicht ab und setzte sich dann seinen Helm auf. Air Soldier riss sich den lilafarbenen Anzug vom Leib und stand nun in seiner Rüstung da. Er drückte die beiden Scheiben und zwei Mauser M712 materialisierten sich. Walter begann auf Viktor Krankov zu feuern. Dieser sprang mit einer Hechtrolle aus dem Weg. Der Samurai zog sein Katana und machte einen sehr großen Sprung auf Shadow Sword zu. Yakuz schwang sein Schwert. Der Superheld blockte ab und verschwand für wenige Sekunden. Er tauchte hinter dem Samurai auf und schlug mit seinen Schwertern auf seinen Gegner ein. Die Katanas glitten von Yakuz' Rüstung ab. Danach ging dieser in den Angriff über. Er führte eine Parade aus. Dieser Trick führte dazu, dass ein Schwert von Shadow Sword klirrend zu Boden fiel. Shadow Sword schlug nun mit einem harten Schlag auf seinen Gegner ein. Dann sprang Yakuz davon. Dieser Sprung war viel weiter, als es mit Rüstung normalerweise gehen könnte. Danach begannen die Hände des Samurais lila-schwarz zu leuchten. Yakuz ballte seine Hand zur Faust. Er holte aus und machte eine Bewegung, die aussah, als würde er zuschlagen. Eine Lichtkugel flog auf Shadow Sword zu. Dieser blockte die Kugel ab. Doch die Wucht war einfach zu stark. Das Schwert wurde dem Helden aus der Hand gerissen. Es traf klirrend am Boden auf. Yakuz griff wieder an. Shadow Sword zog blitzschnell die beiden

Schwerter, die er von Walter bekommen hatte. Er aktivierte sie und wehrte die Waffe ab. Das Katana wurde in drei Teile geteilt. Mit einer schnellen Bewegung trennte Shadow Sword mit seinem linken Schwert den rechten Arm seines Angreifers ab. Dieser unterdrückte einen Schrei. Danach schwang er seine linke Waffe und hackte dem Mann auch noch den anderen Arm ab. Nun stand ein Krüppel vor Shadow Sword. Shadow Sword trennte dem Anführer der japanischen Yakuza den Kopf ab. Er rollte ein paar Meter weiter.

Tasmanian Devil rannte die Wand hinauf. Er drehte sich und aktivierte seine Seilwerfer. Lightning begann Blitze durch den Raum zu schleudern. Jeder, der getroffen wurde, verbrannte von innen heraus. Ein paar Bodyguards stürmten in die Halle. Tasmanian Devil schaltete sie zusammen mit dem Butcher aus. Der ehemalige Colonel der US Army ballerte mit zwei Walther PPKs auf die Handlanger. Einer nach dem anderen wurde zu Boden gerissen. Monster verwandelte sich in Frankensteins Monster. Er verprügelte die Schurken mit seinen Fäusten oder schoss mit seiner Armbrust. Danach verwandelte er sich in einen Vampir. Er schoss, lief und flog. Walter knöpfte sich zusammen mit Hasi Viktor Krankov vor. Doch bevor sie ihn beseitigen konnten, kam Al Capone mit einer Thompson 1928 bewaffnet aus seiner Deckung. Er begann auf Walter zu schießen. Air Soldier aktivierte seine IMW und drückte anschließend den zweiten Knopf. Eine dünne Lichtschicht bedeckte das Schwert. Er leitete die Kugeln zurück. Scarface brachte sich wieder in Sicherheit, doch Walter folgte ihm und schlug mit seinem Kristallschwert auf die Thompson. Das Maschinengewehr wurde dem Mafiaboss aus der Hand gerissen und flog in hohem Bogen durch die Luft. Walter holte aus und hieb dem Ganoven in die Magengrube. Der Mafiosi wurde zurückgerissen. Er flog gegen die Wand und wurde bewusstlos. Danach ging Walter auf den Rest der Versammlung zu. Er drückte erneut auf den zweiten Knopf. Die Lichtschicht verschwand wieder. Air Soldier ging auf Adolf Hitler zu und schwang sein Schwert. Es glitt durch den Körper des Heeresführers. Wenige Augenblicke später rutschte der obere Teil von seinem unteren. Danach stürmte Walter auf einen Mann zu, dessen Hand aussah wie die eines Toten. Er hob sie schützend über sich.

„Bitte, haben Sie Mitleid! Ich werde auch alles machen, was Sie wollen!"

„Wenn ich Sie verschonen soll, dann müssen Sie mir versprechen, dass Sie meine Identität für sich behalten. Wenn Sie das nicht tun, dann werde ich Sie finden und dann werde ich mir viel Zeit nehmen, um Sie zu quälen."

„Ich verspreche es", wimmerte der Mann.

Er hatte einen seltsamen Anzug an. Es war ein roter Anzug mit einem schwarzen Umhang, der einen hohen Kragen hatte. Er hatte ebenfalls einen schwarzen Zylinder sowie einen gleichfarbigen Gehstock. An seinem Sakko hing ein Monokel. Darunter trug er ein schwarzes Hemd und eine rote Krawatte. Der Mann hatte ebenfalls ein weißes Anstecktuch. Er kroch davon.

Cäsar schlich sich heimlich davon und fuhr in sein anderes Haus in Queens, so wie Walter es ihm geraten hatte. Viktor Krankov lud seine Waffen und gab eine neue Schusssalve ab. Walter hörte einen Schrei und dann ein lautes Geräusch. Tasmanian Devil kam angelaufen und kniete sich neben den verletzten Butcher hin. Devil stand auf und lief zu einem der getöteten Bodyguards. Diesem zog er sein Sakko aus. Dann eilte er wieder zu seinem verwundeten Kameraden. Air Soldier nahm den goldenen Revolver und gab drei Schüsse ab. Zwei davon schossen Viktor die beiden Waffen aus der Hand. Der dritte Schuss traf den Auftragskiller in die Schulter. Viktor schleppte sich davon. Air Soldier ließ ihn gehen. Walter rannte zu Tasmanian Devil hinüber. Er kniete neben dem am Boden liegenden Butcher. Colonel Smith war blutüberströmt. Der Superheld, der in einen roten Anzug gekleidet war, drückte das Sakko, das er einem der Toten abgenommen hatte, in die Wunde des Butchers.

Tasmanian Devil hob den Butcher hoch und lief davon. Nach zehn Minuten kam er wieder.

„Der Butcher ist jetzt in der Notaufnahme. Sie versuchen alles, um ihn zu retten."

„Ich hoffe, dass er sich wieder erholt."

Air Soldier ging zu dem noch bewusstlosen Scarface. Walter zog den goldenen Revolver, legte den Lauf auf Al Capones Stirn und drückte ab. Ein Knall ertönte.

Danach lud Walter den Rest der War Brigade auf ein Bier in die Fabrik ein. Air Soldier schickte die anderen schon vor, während er noch ein paar Flaschen Bier kaufen ging. Sie feierten die halbe Nacht durch und übernachteten schlussendlich auch in der Fabrik.

Am nächsten Morgen wachte Walter mit Kopfschmerzen auf. Sein Kopf dröhnte richtig. Er ging zuerst in das Badezimmer. Dort nahm er seinen Helm ab und ließ dann Wasser in seine Hände fließen. Er wusch sich die Haarfarbe aus den Haaren und befeuchtete auch sein Gesicht. Danach setzte er sich wieder den Helm auf und ging zu den anderen. Die meisten Superhelden schliefen noch, doch Hasi war schon aufgewacht. Plötzlich ging die Tür auf und Angel trat ein. Hasi sprang auf und lief zu ihm hinüber. Er wechselte ein paar Wörter mit ihm, der Informatiker nickte und verließ anschließend das Gebäude. Hasi kam wieder zurück und setzte sich neben Walter. Sie unterhielten sich über die letzte Nacht. Hasi war begeistert von seinen neuen Waffen. Später, als alle Teammitglieder wach waren, fuhr die Gruppe ins Krankenhaus.

Dort ging Walter zur Information, wo er sich nach Colonel Zac Smith erkundigte. „Er liegt im Zimmer 23. Er ist noch nicht ansprechbar, er liegt im Koma." Air Soldier bedankte sich und ging den Gang entlang. Die anderen Helden folgten ihm. Patienten, Besucher und auch Personal beäugten die mit Blut befleckten Superhelden, während sie den langen Flur entlangschritten. Dann hatten sie endlich das Zimmer Nummer 23 gefunden. Walter öffnete die Tür. Der Butcher lag, in ein Patientenhemd gehüllt, in einem Krankenhausbett. Er wurde mit einer Sauerstoffmaske beatmet. Im Hintergrund konnte man das charakteristische Piepsen des Herzfrequenzmessgerätes hören. Walter trat zuerst ein, die anderen folgten ihm, aber nur langsam. Air Soldier setzte sich neben den schwerverletzten Antihelden. Dort verweilte er eine Viertelstunde. Danach stand er wieder auf und verließ das Zimmer. Walter ging den langen Gang entlang. Als er zur Information trat, bat er die Schwester: „Wenn Colonel Smith aufwachen sollte, dann rufen Sie bitte diese Nummer an." Er gab ihr eine Visitenkarte und wartete dann, bis der Rest der Truppe zu ihm stieß. Sie verabschiedeten sich. Monster, Hasi und der Wissenschaftler fuhren gemeinsam wieder zur Fabrik zurück.

Dort bat Walter die beiden anderen, auf ihn zu warten. Er fuhr noch einmal los. Walter hielt vor der Bank und wechselte auf seine zivile Kleidung. Der Wissenschaftler betrat sie und ging zu einem Schalter, wo er eine Million Dollar abhob und wieder zur Fabrik zurückfuhr. Walter zog sich erneut um und betrat das Gebäude. Er gab Monster den Koffer. Dieser öffnete ihn und zählte kurz nach. Er lächelte und sagte dann: „Es war mir eine Freude, mit Ihnen Geschäfte zu machen." Monster verließ das Gebäude.

Wenige Minuten später kam Angel wieder. Als Walter das bemerkte, schlich er aus dem Gebäude, zog sich um und betrat es wieder.
„Ah, Walter, ich hatte da eine Idee, die ich Ihnen vorstellen wollte." Er meldete sich am Computer an und aktivierte ein Programm. „Ich habe einen Chip entwickelt, der stark genug wäre, um die IMW kabellos anzutreiben." Er zeigte es Walter. Dieser war beeindruckt. Sie planten und bauten schlussendlich einen Prototypen. Er funktionierte tadellos. Walter rief noch am selben Tag seinen Arzt an, um sich einen neuen Termin

zu vereinbaren. Dieser sollte am 20. Januar 1972 sein, also in einem halben Jahr. Danach fuhr Walter nach Hause. Claire erwartete ihn bereits. Sie fragte ihn, was er vorige Nacht getan hatte. Er antwortete: „Ich habe zusammen mit Hasi zuerst gearbeitet und dann trainiert, wir haben die ganze Nacht durchgemacht."

Sie spielten den restlichen Nachmittag Spiele zusammen. Am Abend aßen sie ihr Dinner. Danach ging Walter zu Bett. Er konnte aber nicht schlafen, da ihn ein Gedanke die ganze Nacht quälte, immer, wenn er die Augen schloss. Es war das Wort „Mörder". Er sah Bilder von dem Massaker am Vortag.

DER LETZTE FALL

Am Morgen des 12. Juli 1973 ging Walter gemeinsam mit Hasi in seine Höhle. Der Wissenschaftler ging zu der Vitrine, in der er seine Rüstung aufbewahrte und zog sie an. „Hasi, ich würde dir gerne was zeigen." Walter drückte auf einen Knopf. Ein großer, schwarzer Kasten tauchte aus dem Boden auf. Walter bedeutete Hasi, er solle den Schrank öffnen. Dies tat er auch. Seine Augen begannen zu leuchten, denn in der Kiste war ein Superheldenanzug für ihn. Er war rabenschwarz und von oben bis unten kugelsicher. Der Anzug war auch mit einem Gürtel, an dem zwei Holster befestigt worden waren, ausgestattet, in denen je eine Ruger Single Six steckte. Sie waren mit der gleichen Technik wie die vorigen Waffen Hasis modifiziert. Zwischen den beiden Revolvern waren sechs Wurfmesser befestigt. In den Handschuhen waren spezielle Saugnäpfe integriert, die es dem Mann erlaubten, an Wänden hinaufzuklettern. Zu dem Anzug gehörte ein schwarzer Hut mit einer Maske. Hasi zog ihn an und sprang dann auf den Beifahrersitz von Air Soldiers Wagen. Walter setzte sich auf den Fahrersitz des Aston Martins und brauste davon.

Er war kaum aus der Höhle gefahren, da drückte er den Knopf, der den Flugmodus aktivierte. Der Wagen hob ab. Air Soldier hatte in den letzten Monaten einem einzigen Schurken nachgejagt. Nun hatte er ihn endlich lokalisiert. Er hatte eine geheime Basis außerhalb von New York City. Sie befand sich in Alaska. Die Flugdauer betrug vier Stunden.

Walter deaktivierte seine Triebwerke über der Basis. Danach drückte er den Knopf für den Autopiloten. Er öffnete die Autotür und sprang hinaus. Er aktivierte sein Jetpack und flog zur Tür der Beifahrerseite. Hasi öffnete die Autotür. Walter nahm ihn an den Armen und schaltete sein Jetpack aus. Zusammen ließen sich die beiden fallen. Der Aston Martin flog zu Walters Fabrik zurück. Ein paar hundert Meter über dem Boden aktivierte er seine Triebwerke wieder. Walter ließ Hasi los und ging in den Sturzflug. Währenddessen ließ er sein Jetpack verschwinden. Danach drückte er auf beide Scheiben. Zwei Mauser M712 materialisierten sich. Walter klappte das Zielfernrohr seines Helmes herunter und begann zu feuern. Er konnte zeitverzögert sehen, wie die Wachen, die er niedergeschossen hatte, zusammenbrachen. Doch plötzlich fuhren Luftabwehrraketen aus dem Boden. Der Superheld drückte erneut auf die Platten. Die beiden Handfeuerwaffen verschwanden wieder. Es waren zwei Raketenwerfer auf der linken und ebenfalls zwei auf der rechten Seite der Landebahn platziert. Sie schossen jeweils vier Raketen. Diese flogen auf Air Soldier zu. Walter zog seine beiden IMWs vom Gürtel und aktivierte sie. Ein schwarzer, runder Schild und ein ebenso schwarzes Kristallschwert, materialisierten sich. Die erste Rakete traf Air Soldiers Schild, sodass er mehrere Meter weggeschleudert wurde. Die Nächste zerschnitt er mit dem Schwert. Air Soldier drückte den zweiten Knopf. Eine dünne Lichtschicht fuhr hoch. Er wehrte die nächste Rakete mit einem eleganten Schwerthieb ab. Sie flog wieder zu den Raketenwerfern zurück. Der erste Werfer explodierte. Air Soldier leitete die nächsten der drei Sprengkörper zu den Luftabwehrraketenwerfern zurück. Danach drückte er den unteren Knopf seiner Waffe erneut und die Lichtschicht verschwand wieder. Er zerschnitt die restlichen Geschosse. Nun war er nur noch neunzig Meter von der Basis entfernt. Mittlerweile konnte er Hasi schreien hören. „Waaaaaaalter! Der Boden ist schon ganz in der Nähe!" Air Soldier deaktivierte seine IMWs wieder und hängte sie an seinen Gürtel. Walter fiel wieder ein, dass sein Freund nicht fliegen konnte. Er aktivierte sein Jetpack und flog zu Hasi hinauf. Er fing ihn auf und flog mit ihm zu der Basis hinunter. Air Soldier versuchte, so sanft zu landen, wie er es konnte. Walter drückte auf die beiden Platten. Zwei MAC-10-Maschinenpistolen erschienen. Er hielt sie immer so, dass die Läufe der Waffen auf die Tür zielten. Hasi riss einen der beiden Revolver aus seinen Holstern. Er spannte den Hahn. „Hier, fang!" Walter warf seinem Partner eine IMW zu, die er, da sie jetzt kabellos waren, in einer bestimmten Reichweite von Walter entfernt benutzen konnte. Hasi drückte den Knopf. Ein runder Schild materialisierte sich. Er deaktivierte sie wieder und hängte sie an seinen Gürtel. Hasi zog seinen zweiten Revolver und spannte den Hahn ebenfalls. Air Soldier stieß die Tür mit einem Fußtritt auf. Die beiden waren kaum zehn Schritte in das Innere der Geheimbasis getreten, da kam ihnen ein Trupp von schwerbewaffneten Wachen entgegen. Walter drückte die beiden Abzüge bis zum Anschlag durch. Hasi feuerte seine Revolver leer. Als alle Männer leblos am Boden lagen, klappte Hasi die Trommeln aus den Halterungen. Er ließ die Hülsen in seine Hand fallen. Hasi lud je sechs Patronen in einen Revolver. Danach spannte er wieder die Hähne. Walter und sein Partner stießen weiter in das Innere der Basis vor. Der geheime Unterschlupf des Schurken war aufgebaut wie ein Bunker. Die beiden teilten sich auf. Walter übernahm die linke und sein Partner die rechte Seite. Walter fand einen Überwachungsraum. Er erschoss die anwesenden Wachen. Einen, der offenbar eine Führungsposition bekleidete, befragte er nach dem Aufenthaltsort von Dr. Bald. Dieser schilderte ihm den Weg. Walter funkte seinen Partner an. „Hasi, ich weiß, wo sich Bald befindet. Wir treffen uns in der Mitte." Walter ließ den Mann am Leben und eilte in die Mitte des Bunkers. Dort wartete Hasi schon auf ihn. Air Soldier drückte auf eine der Platten. Eine Maschinenpistole verschwand. Er nahm eine IMW von seinem Gürtel und aktivierte sie. Ein Kristallschwert erschien. „Eins, zwei, drei!" Walter stieß die Tür auf. Ein Mann, der über einen riesigen Roboter gebeugt war, stand im Raum. Er war in einen weißen Laborkittel gekleidet.

„Ich habe Sie bereits erwartet!"

„Wenn Sie sich ergeben, kommt niemand zu schaden."

Der Mann drehte sich zu den beiden Helden um. Er hatte eine Schweißermaske über den Kopf gezogen und einen Schweißbrenner in der Hand. Er ließ den Brenner fallen. Dieser ging los. Ein Feuerball wurde freigesetzt. Er erhob seine Hände. Mit einer stieß er die Maske von seinem Kopf. Ein glatzköpfiger Mann mit einer Brille kam zum Vorschein. Er hatte einen braunen, kurzgeschorenen Vollbart. Walter deaktivierte seine IMW wieder und steckte sie an seinen Gürtel. „Hasi, sichere ihn, ich hole ihn mir." Walter stieg langsam die Treppe hinab. Er zielte dabei immer auf den Schurken. Als Walter in der Nähe des Doktors war, griff dieser mit einer schnellen Bewegung unter seinen Kittel. Er holte eine Ampulle, die mit grüner Flüssigkeit gefüllt war, hervor. Er öffnete den Deckel und warf die Flasche Walter entgegen. Die Flüssigkeit spritzte auf dessen Helm, der sofort zu schmelzen begann. Walter riss sich den Helm vom Kopf. Der Schurke, der Dr. Bald genannt wurde, nutzte die Zeit der Verwirrung, die er gestiftet hatte, um einen Colt Woodman zu ziehen. Er feuerte eine Schusssalve auf die Helden ab. Dr. Bald ging rückwärts in die Richtung seines riesigen Roboters. Er sprang in das Cockpit. Der Schurke nahm die beiden Joysticks, die den Roboter steuern sollten, in die Hand. Er bewegte den Arm mit voller Wucht in die Richtung Air Soldiers. Walter knallte gegen eine Wand und wurde ohnmächtig. Hasi versuchte währenddessen, den Schurken von seinem Freund und Partner wegzulotsen, indem er auf Dr. Bald mit seinen Pistolen schoss und Wurfmesser warf. Einige der Messer blieben im Glas des Cockpits stecken. Die Kugeln jedoch durchschossen dieses. Alle dieser Patronen verfehlten den Schurken. Ein paar Minuten später erwachte Walter mit einem riesigen Brummschädel. Er brauchte kurz, bis in seinem Kopf wieder die Erinnerungen erschienen, weshalb er eigentlich hier war. Er verspürte einen stechenden Schmerz, der von seinen Rippen kam. Walter war sich sicher, dass er sich zwei oder mehr Rippen gebrochen hatte. Er rappelte sich auf, zog seine IMW vom Gürtel, und aktivierte sie. Air Soldier warf sein Kristallschwert. Es rotierte ihm Kreis und flog auf Dr. Bald zu. Das Schwert hackte dem Roboter den linken Arm ab. Er landete mit einem dumpfen, metallischen Plopp am Boden. Walter drückte einen Knopf an der Rüstung. Ein in seine Rüstung eingebauter Magnet aktivierte sich. Das Kristallschwert flog wieder zu Walter zurück. Er fing es mit einer eleganten Handbewegung auf und drückte den Knopf erneut. Danach lief er auf den Roboter zu und sprang so hoch, wie er konnte. Er hieb mit dem Schwert auf den zweiten Arm ein. Dieser fiel ebenfalls mit einem dumpfen Plopp zu Boden. Danach nahm sich Walter die Beine vor. Er schlug mit dem Schwert auf das rechte Knie. Dieses driftete ab vom Rest des Fußes. Der Roboter fiel der Länge nach hin. Walter schnitt vorsichtig das Glas des Cockpits ab. Er zog den Schurken heraus. Danach half er ihm, aufzustehen. „Ergeben Sie sich!" Der Doktor versuchte Walter mit der Faust zu schlagen. Doch der machte einen Schritt zur Seite. Der Schurke lief an dem Helden vorbei. Walter griff nach dem Kragen des Mannes und zog daran, sodass Dr. Bald zurückgerissen wurde. Walter schlug ihm mit seiner rechten Faust ins Gesicht. Die Nase des Schurken knackte und begann zu bluten. Der Doktor zog ein Messer aus seiner Kitteltasche. Er holte aus und versuchte, Walter mit der Waffe ins Gesicht zu stechen. Walter versuchte auszuweichen, aber das Messer hinterließ eine kleine Schnittwunde auf seiner Wange. Dr. Bald begann laut schallend zu lachen. Walter fühlte, dass die Wunde anfing zu brennen. „Ich habe einen lustigen Fakt für Sie. Diese Klinge ist mit dem Gift des Inlandtaipans versetzt. Absolut tödlich!" Walters Blut begann langsam in seinen Adern zu gerinnen. Er aktivierte seine Waffe. Air Soldier rammte Dr. Bald das Schwert in den Bauch. Der Doktor sank in sich zusammen. Walter deaktivierte sein Kristallschwert und schleppte sich ein paar Schritte in die Richtung seines Partners. Doch nach wenigen Metern brach er zusammen. Hasi eilte zu ihm. Er hielt ihn und versicherte ihm, dass alles gut werden würde.

„Hasi, hör mir bitte zu."

Walters Freund nickte.

„Ich möchte, dass du auf Claire, Martha und Alfred aufpasst. Bitte versprich es mir!"

„Ich verspreche es." Walters Körper verkrampfte sich. Das Gift begann wesentlich schneller zu wirken, als es eigentlich sollte. Walter blickte seinen Freund an. Er nahm einen langen Atemzug – der Letzte, den er je machen würde. Dann schloss er seine Augen. Er sah sein Leben an ihm vorbeiziehen. Das Letzte, was Walter sah, war ein helles, strahlendes Licht. Die Tränen schossen Hasi in die Augen. „Neiiiiin! Du darfst nicht sterben!" Verzweifelt versuchte er, seinen Freund wieder zu reanimieren. Doch es half nicht mehr. Hasi versuchte es noch weitere fünfzehn Minuten. Danach gab er auf. Er hob seinen besten Freund vorsichtig vom Boden auf und trug ihn aus dem Bunker. Er legte Air Soldiers Leiche kurz auf den eisigen Boden. Hasi zog sein Telefon aus der Tasche und wählte eine Nummer. Electron man hob ab.

„Thompson?"

„Hey, Electron man ich bin's, Hasi. Können Sie mich und Walter bitte abholen? Wir sitzen in Alaska fest", sagte Hasi mit zitternder Stimme.

„Wo genau?"

„In der Alaska-Kette. Am Mount McKinley in der Nähe eines Bunkers."

Es dauerte keine fünf Minuten, bis Electron man neben ihm stand. Hasi blickte den anderen Helden mit leicht geröteten Augen an. Electron man sah auf die Leiche von Walter hinab. Er traute seinen Augen nicht.

„Ist das … ?"

„Ja, das ist er …"

„Ist er …"

„Ja, ist er. Bitte bring ihn zuerst weg. Am besten in die Fabrik."

Electron man hob seinen Freund, Partner und Mentor vorsichtig auf. Er ging ein paar Schritte und verschwand dann. Einen Augenblick später tauchte Electron man zusammen mit der Leiche von Walter in der Fabrik von Tech Industries auf.

Er legte seinen Freund vorsichtig auf den Boden. Der Mann ging davon und tauchte eine Sekunde später wieder am Mount McKinley auf. „Bitte schlingen Sie Ihre Arme um mich, damit ich Sie nicht irgendwo verliere." Hasi schlang seine Arme um den anderen Helden. Die beiden verschwanden und tauchten wieder in der Fabrik auf. Hasi reichte dem Helden die Hand, bedankte sich bei ihm und verabschiedete sich. Er schritt zur Leiche seines besten Freundes hinüber. Er hob ihn auf und trug ihn zum Aston Martin. Der Wagen war vom Autopiloten hierhergeflogen worden. Hasi setzte die Leiche auf den Beifahrersitz und schnallte sie an. Danach setzte er sich auf den Fahrersitz und fuhr zu Walters Höhle zurück.

Als er geparkt hatte, ging der Bodyguard ins Haus hinauf und vergewisserte sich, dass Martha und Alfred bei Walters Eltern übernachteten. Danach bat er Claire, ihm zu folgen. Als Walters Frau die Höhle betrat, wies er sie an, die Augen zu schließen. „Erschrick jetzt bitte nicht Claire. Ich bin bei dir." Sie öffnete die Augen. Als Claire Walters Leiche erblickte, wusste sie zuerst nicht, was sie denken sollte. Die Frau ging zu ihm hinüber und sprach ihn an. Als dieser nicht reagierte, rüttelte sie leicht an seinen Schultern. Als dies auch keine Wirkung zeigte, drehte sie sich zu Hasi um und fragte ihn, was mit ihrem Ehemann los sei. Dieser atmete tief ein. Er zitterte leicht. Hasi musste nichts sagen, Claire verstand. Sie brach in Tränen aus. Die Frau schluchzte und begann hysterisch zu weinen. Sie nahm ihren Ehemann in den Arm und küsste ihn. Hasi wartete eine Stunde, bis er Claire sanft von der Leiche wegzerrte und sie nach oben brachte. Dort gab er ihr Beruhigungsmittel und brachte sie ins Bett.

Danach kehrte er zu seinem Freund zurück und zog ihm die Rüstung aus. Hasi trug ihn in das Wohnzimmer, wo er ihn aufs Sofa legte. Anschließend schritt der Held zum Telefon hinüber und nahm den Hörer von der Gabel. Er wählte die Nummer der hiesigen Polizei und verlangte nach Detective Kennedy. Nach zehn Minuten kam der Detective angefahren.

„Der Rest der Truppe kommt in zehn Minuten", teilte er dem Bodyguard mit. Hasi erzählte ihm von Walters geheimer Identität und bat ihn, sie auch weiterhin geheim zu halten, koste es, was es wolle. Denn wenn dieses Geheimnis jemals gelüftet werden sollte, wären Walters Familie und seine Freunde in Gefahr. Wenig später kam eine Horde von Polizeiwagen angefahren, da es nicht jeden Tag passiert, dass ein reicher Unternehmer, nachdem er nach Hause gekommen war, stirbt. Die Spurensicherung untersuchte das ganze Wohnzimmer. Die Forensik nahm den Leichnam mit. Als die Ermittlungen zum Ableben von Walter Tech beendet waren, stand in der Akte, dass dieser von einem Unbekannten mit dem Gift des Inlandtaipans vergiftet worden war. Nach einem Jahr wurden die Akten geschlossen und der Leichnam wurde zur Beerdigung freigegeben.

Am 15. Juli 1974 reiste der ehemalige Präsident John F. Kennedy mit seiner Familie aus Washington D. C. an, da er zur Beisetzung seines Freundes kommen wollte. Er mietete sich eine Suite im New York Downtown Hotel. Es war das beste Gästehaus in New York. Walters Schwester Kathrin Shapiro war zusammen mit ihrem Ehemann aus Texas gekommen.

Am 20. Juli um 9:15 Uhr wurden Claire, Martha, Hasi und Alfred von einem Chauffeur mit einer schwarzen Limousine zu Hause abgeholt. Der Fahrer fuhr sie zur St. Patricks Cathedral, wo die Beisetzung unter Ausschluss der Öffentlichkeit, im kleinen Kreis stattfinden sollte. Viele Menschen tummelten sich vor der Kathedrale. Es war nur das engste Umfeld Walters eingeladen, damit seine Identität geheim blieb. Air Soldier sollte in seiner Rüstung beerdigt werden.

Als der Wagen parkte, traten Paul und Kate zu Martha, Claire und dem Rest der Familie hinzu. Walters Mutter weinte lautlos. Paul, Marthas Großvater, war trauriger, als ihn je jemand erlebt hatte.

Um 10 Uhr kam der Pfarrer in die Kirche. Alle standen auf. Es waren auch Shadow Sword, Monster, Lightning, Tasmanian Devil, Electron man und Cäsar der Große anwesend. Die Superhelden trugen ihre Anzüge. Der Mafiaboss hatte seine Gattin mitgebracht. Der Pfarrer begann: „Liebe Trauergemeinde, wir haben uns am heutigen Tage hier versammelt, um den verstorbenen Walter Richard Tech zu feiern und zu ehren. Er starb als Held, während er einen Schurken zu stellen versuchte. Walter wollte die Erde zu einem besseren Ort machen. Er wollte, dass alle ein besseres Leben führen können. Er tat alles, um unsere Gemeinde und seine Familie zu schützen. Er gab sogar sein eigenes Leben dafür, um das der anderen zu schützen. Lasst uns für ihn beten." Ein Vaterunser später, hielten Claire, Kate, Cäsar, Electron man, Hasi und der ehemalige Präsident John F. Kennedy eine Grabrede. Danach war ein dreißig-minütiger Zeitraum eingeplant, damit sich die Familie und Freunde des Verstorbenen von ihm verabschieden konnten. Walter wurde in seiner Rüstung begraben. Die Überreste vom Helm hielt er in der Hand. Alle der Anwesenden standen nacheinander auf und gingen zum Sarg, um sich von ihm zu verabschieden. Der Pfarrer führte die Trauergemeinschaft zum Friedhof und zum Familiengrab der Familie Tech. Walter war der Erste, der in diesem Mausoleum bestattet werden sollte. Direkt nach dem Pfarrer schritten Paul Tech, Cäsar der Große, John F. Kennedy, Hasi, Electron man und Shadow Sword. Sie trugen Walters Sarg auf ihren Schultern. Die Männer legten ihn in das Mausoleum. Der Pfarrer hielt noch eine kurze Ansprache. Anschließend blieb die Menge noch eine halbe Stunde. Danach wurde die Menschenmenge immer kleiner. Am Ende standen nur noch Hasi, Claire, Martha, Alfred, Kate und Paul vor dem Grabmal. Kathrin und Jack waren schon gegangen, weil es Walters Schwester nicht so gut ging.

Um 12:30 Uhr fuhr die Familie von Walter zum Cattleman, einem Steakhouse in der 51st Street und Seventh Avenue. Die

Familie Tech traf sich dort mit der Familie Kennedy. Sie aßen dort zu Mittag. Hasi, Claire, John F. Kennedy und seine Frau Jackie bestellten sich ein Rindersteak medium-rare mit Wedges. Martha und der Nachwuchs der Kennedys orderten einen Burger. Alfred aß mit seiner Mutter zusammen. Das Essen war vorzüglich. Sie unterhielten sich noch eine Weile. Danach lud Claire Walters Freunde auf Kaffee und Kuchen zu sich nach Hause ein. Die hauseigene Köchin hatte Brownies gebacken. Nachdem sie die braunen Backwaren verputzt hatten, verschwanden die Jugendlichen und Kinder in den Kinderzimmern. Die Erwachsenen unterhielten sich noch bis 17 Uhr.

Dann verließ die Präsidentenfamilie das Haus und fuhr zurück zum Hotel, in dem sie zurzeit nächtigte.

Claire, Hasi und Martha verbrachten den Abend zusammen. Bevor sie sich einen Film ansahen, brachte Walters Frau Alfred ins Bett. Sie sahen sich zusammen „Der Pate" an. Der Familie gefiel der Kinofilm. Er war sehr spannend.

Am nächsten Morgen verließ Hasi das Anwesen. Er lieh sich Walters normalen Aston Martin aus und fuhr zur Begräbnisstätte. Hasi stieg aus und betrat den Friedhof. Zuerst ging er zu einem Grab, auf dessen Grabstein „Colonel Zac Smith" stand und zündete dort eine Kerze an. Hasi verweilte dort kurz, bevor er weiterging. Er ging zum Mausoleum der Familie Tech. Ein anderer Mann stand davor. Hasi kannte ihn. Es war Agent John Smith.

„Guten Morgen, Agent Smith."

„Guten Morgen, Hasi."

Auch bei diesem Grab zündete er eine Kerze an. Die beiden Männer standen noch weitere zehn Minuten schweigend nebeneinander.

„Mein Beileid. Ich mochte Walter.", sagte Agent Smith, ehe er davonging.

Hasi ging ebenfalls und fuhr wieder zu Claire, Martha und Alfred, die zu seiner Familie geworden waren.

HERZ FÜR AUTOREN A HEART FOR AUTHORS À L'ÉCOUTE DES AUTEURS MIA KAPΔIA ΓIA ΣYГГРА
FÖR FÖRFATTARE UN CORAZÓN POR LOS AUTORES YAZARLARIMIZA GÖNÜL VERELIM SZÍV
PER AUTORI ET HJERTE FOR FORFATTERE EEN HART VOOR SCHRIJVERS TEMOS OS AUTOR
RZÖINKÉRT SERCE DLA AUTORÓW EIN HERZ FÜR AUTOREN A HEART FOR AUTHORS À L'ÉCOUT
ADO ВСЕЙ ДУШОЙ К АВТОРАМ ETT HJÄRTA FÖR FÖRFATTARE À LA ESCUCHA DE LOS AUTOR
URS MIA KAPΔIA ΓIA ΣYГГРАФEIΣ UN CUORE PER AUTORI ET HJERTE FOR FORFATTERE EEN H
RIMICE GÖNÜL RZÖINKÉRT SERCE DLA AUTORÓW EIN HERZ FÜR
ORAÇÃO ВСЕЙ ДУШОЙ К АВТОРАМ ETT HJÄRTA FÖR

Der Autor

Bereits im Alter von 14 Jahren veröf-
fentlichte Florian Wenzel seinen ersten Roman „Tech – The Beginning".
Geboren 2010 in Innsbruck, besucht
er nach dem Abschluss des Realgym-
nasiums in Schwaz aktuell die Höhere
Technische Lehranstalt Kramsach für
chemische Betriebstechnik. Neben
dem Schreiben ist Florian Wenzel in
seiner Freizeit ein leidenschaftlicher Comic und
Krimi-Leser, außerdem verbringt er am liebsten die
Zeit mit seiner Familie. In seinem kreativen Kopf
entstehen bereits Ideen für neue Werke aus dem
Science-Fiction-Genre, die durch seine typisch
fantasievolle Art bestechen.

Der Verlag

*Wer aufhört
besser zu werden,
hat aufgehört
gut zu sein!*

Basierend auf diesem Motto ist es dem novum Verlag
ein Anliegen, neue Manuskripte aufzuspüren, zu ver-
öffentlichen und deren Autoren langfristig zu fördern.
Mittlerweile gilt der 1997 gegründete und mehrfach
prämierte Verlag als Spezialist für Neuautoren in
Deutschland, Österreich und der Schweiz.

**Für jedes neue Manuskript wird innerhalb we-
niger Wochen eine kostenfreie, unverbindliche
Lektorats-Prüfung erstellt.**

Weitere Informationen zum Verlag und
seinen Büchern finden Sie im Internet unter:

www.novumverlag.com